葉懷仁 編著

孤山雪鴻

西泠印社出版社

圖書在版編目（ＣＩＰ）數據

孤山雪鴻 / 葉懷仁編著. — 杭州 : 西泠印社出版社, 2023.8
ISBN 978-7-5508-4190-1

Ⅰ. ①孤… Ⅱ. ①葉… Ⅲ. ①書信集－中國－近現代
Ⅳ. ①I265.5

中國國家版本館CIP數據核字(2023)第145740號

孤山雪鴻

葉懷仁 編著

出品人　江吟
責任編輯　伍佳
責任出版　馮斌强
責任校對　徐岫
扉頁題辭　韓天衡
封底篆刻　齊白石
裝幀設計　福州明朗文化傳播有限公司
出版發行　西泠印社出版社
（杭州市西湖文化廣場三十二號五樓　郵政編碼　三一〇〇一四）
經銷　全國新華書店
製版　福州明朗文化傳播有限公司
印刷　福州報業鴻昇印刷有限責任公司
開本　七八七毫米乘一〇九二毫米　十六開
印張　十五點五
印數　〇〇〇一—二〇〇〇
書號　ISBN 978-7-5508-4190-1
版次　二〇二三年八月第一版第一次印刷
定價　貳佰玖拾捌圓

西泠印社出版社發行部聯繫方式：（〇五七一）八七二四三〇七九

一、本書所收一百二十幅墨迹之作者均係西泠印社已故社員。其中，一百一十六位係據林乾良先生所著《天下第一名社西泠印社》第四十二頁《西泠印社社員一覽表》；葉良本，係據西泠印社官方網站增補；余紹宋、吴待秋、容庚三位，係據陳振濂先生《百年西泠群英譜》增補。

二、本書所收墨迹，歷任社長以任職先後爲序；已故社員以生年先後爲序；生年相同者，以卒年先後爲序；生卒年均相同者，以生年月份爲序。

三、本書以影印墨迹爲主，并附釋文及墨迹作者簡介；除個別無法查考外，一般附有上款人簡介。若上款人已見于前文者，則不重複介紹。

四、本書釋文依照原文，不區分繁體字、异體字和俗體字。墨迹原文已分段標點者，一依原文；原文未分段標點者，一般不予分段，但加以標點，以便閱讀。

五、本書所收墨迹凡出現『弟』『鄙』『拙』『敝』等謙詞，或縮小靠右書寫，或不縮，釋文一依原文。

六、本書所收墨迹中爲尊敬上款人而抬頭提行或空格處，釋文一依原文。

西泠印社創于光緒三十年（一九〇四），經百餘年發展，遂成世間獨一無二之名社。明年爲百廿年慶典，懷仁老弟以所藏百廿位已故社員墨迹，擬梓《孤山雪鴻》爲祝。責余爲序，九一同里樂而爲之。此書之妙，可從真、精、特論之。

一曰真。余從二十世紀七十年代開始收藏印人尺牘，積三十餘年之功，頗具規模。因余二兒四孫俱移民北美，均攻理工，到了晚年，余思念家鄉，欲在家鄉留此藏品以爲紀念。二〇〇九年左右致函懷仁，徵詢其意。懷仁因爲仰慕西泠，選定西泠印社社員墨迹作爲專題。余嘉其志，遂傾囊相贈，一部分是西泠印社師友直接寫給余，另一部分則是歷年師友之相贈。這其中主要是書札，也有一些題辭、小品等。在此基礎上，懷仁又進行了十幾年之增補，選藏亦十分嚴謹。因此，這一百二十件作品俱是來源可靠、傳承有序之作，真迹無疑！雖是僅僅一百二十件，却是余和他兩代人歷經五十年之遞藏，此中甘苦唯余二人自知。

二曰精。其一爲名頭精。近代各大藝術領域代表性人物中屬于西泠印社社員者，本書俱已囊括其中。一是由《中國書法》雜志社評選之『二十世紀十大書法家』，其中屬西泠印社社員者有四位，即吴昌碩、沈尹默、沙孟海、李叔同；二是由余本人發起票選之『二十世紀篆刻大師』二十位，其中屬西泠印社社員者有十三位，即吴昌碩、王福庵、來楚生、沙孟海、陳巨來、方介堪、韓登安、錢君匋、唐醉石、葉潞淵、朱復戡、胡匊鄰、童大年；三是按中國美協理論委員會副主任陳傳席《畫壇點將録——評現代名家與大家》所選之三十二人，其中屬西泠印社社員者有十位，即吴昌碩、黄賓虹、潘天壽、傅抱石、陸儼少、豐子愷、黄胄、李苦禪、朱屺瞻、吴湖帆；四是一九八三年由國家文物局成立之『中國古代書畫鑒定小組』七人成員中屬西泠印社社員者有四位，即謝稚柳、啓功、徐邦達、楊仁愷。其二爲書法精。本書一百二十件作品，從題材上看，以信札爲主，又有詩箋、題跋、題辭、方箋、小品。從書體上看，以行書爲主，又有篆書、隸書、楷書、草書，篆書中有大篆、小篆，又有甲骨文、鐘鼎文、瓦當文、玉箸篆等。從尺幅上看，均是小幅作品，多則數百言，少則幾個字。雖是小品，却可以小中見大，絲毫不遜色于大幅作品。尤其是信札、詩札，更是無意于佳乃佳，隨意揮寫，却能筆精墨妙。管中窺豹，大家風神，可以想見！

三曰特。近年來近現代名人墨迹收藏方興未艾，整理出版亦非常熱門。其中不少是以近現代文化名人墨迹爲主題，實際上并不突出。又有或是某一名家之友朋書札，或是某一機構或藏家之收藏，或是某一特定群體如藏書家之墨迹。而以某一社團組織成員作爲收藏主題者則極爲少見。之前雖有過一些以西泠印社社員之印或書畫爲主題收藏之作，但以書札收藏爲主結集出版還是第一次，這也是本書選題獨特之處。更爲獨特者，則爲涵蓋近現代藝術史上大師徒重要系列：一是吴昌碩與沙孟海、王个簃、諸樂三、潘天壽、陳半丁；二是李叔同、豐子愷、錢君匋三代師徒系列；三是王福庵與韓登安、吴樸堂、頓立夫；以及謝磊明與方介堪、吴湖帆與徐邦達等。尤其李、豐、錢一系，各界人士都稱贊爲多才多藝且影響深廣之獨一無二系列。余個人認爲，不但是前無古人，而且後無來者。

有此真、精、特，此書必當傳之久遠矣。以故，九十一老翁樂爲之序。二〇二三年九月。

饒宗頤先生爲本書編著者葉懷仁所題齋名

觀曇軒

庚寅冬，九十五叟選堂。

鈐印：饒宗頤印、固庵

目録

歷任社長

已故社員

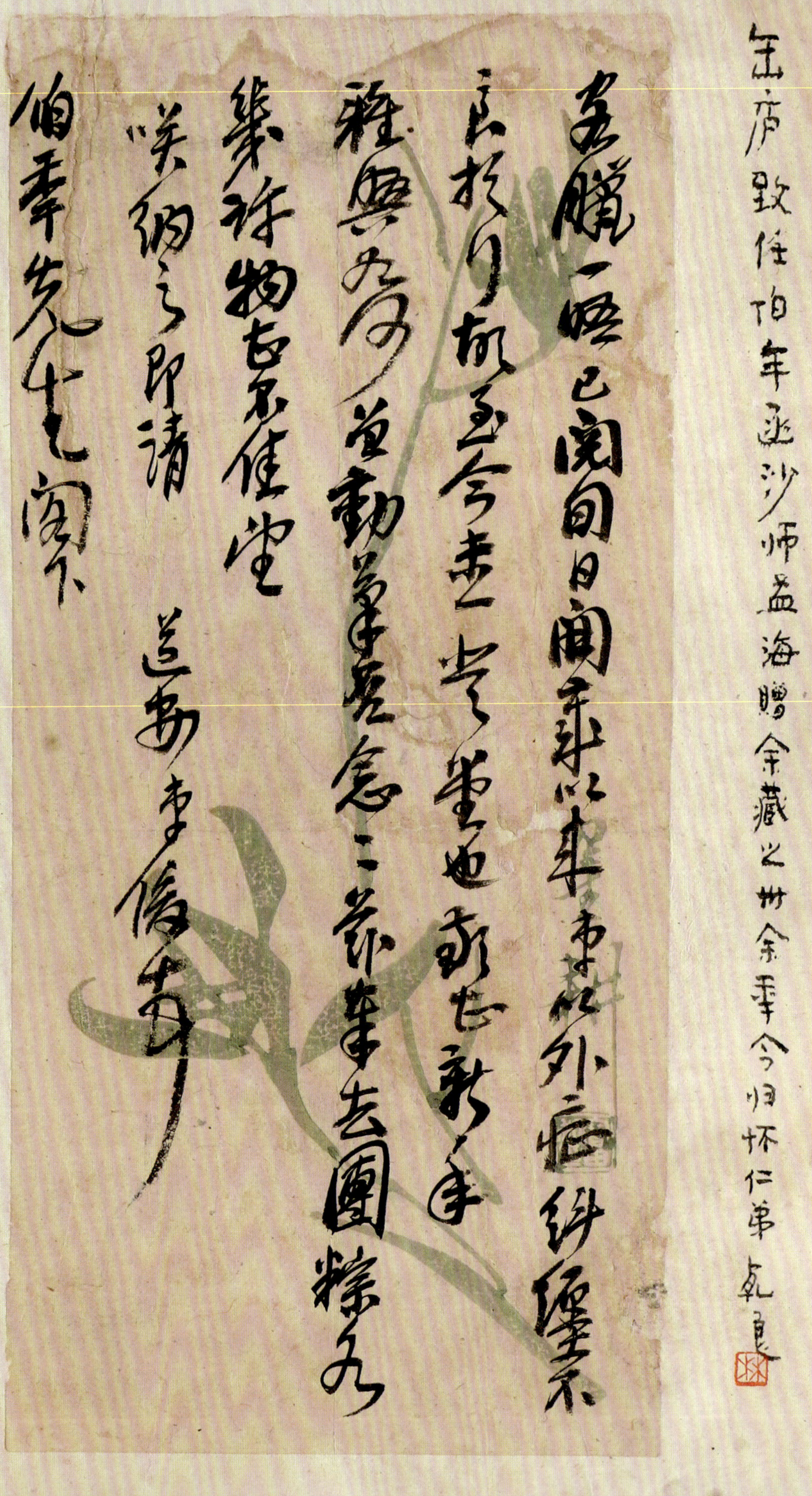

吴昌碩致任伯年書札

吴昌碩致任伯年書札

客臘一晤，已閱旬日。開歲以來，弟以外症糾纏，不良於行，故至今未一登堂也。歉甚！新年雅興如何？曾動筆否？念念。兹奉去團粽各幾許，物甚不佳，望笑納之。即請道安。弟俊頓首。

伯年先生閣下。

吴昌碩（一八四四—一九二七），初名俊，又名俊卿，字昌碩，又署倉石、蒼石。多别號，常見者有倉碩、老蒼、老缶、苦鐵、大聾、缶道人、石尊者等。浙江孝豐（今湖州市安吉縣）人。後海派藝術主要代表，是集詩、書、畫、印爲一身，融金石書畫爲一爐之藝術大師。著有《吴昌碩畫集》《吴昌碩作品集》《苦鐵碎金》《缶廬近墨》《吴蒼石印譜》《缶廬印存》等，詩作集有《缶廬集》。一九一三年任西泠印社第一任社長。

上款人任伯年（一八四〇—一八九五），初名潤，字次遠，號小樓，後改名頤，字伯年，别號山陰道上行者、壽道士等，以字行。浙江杭州人。清末著名畫家，海上畫派主要代表。

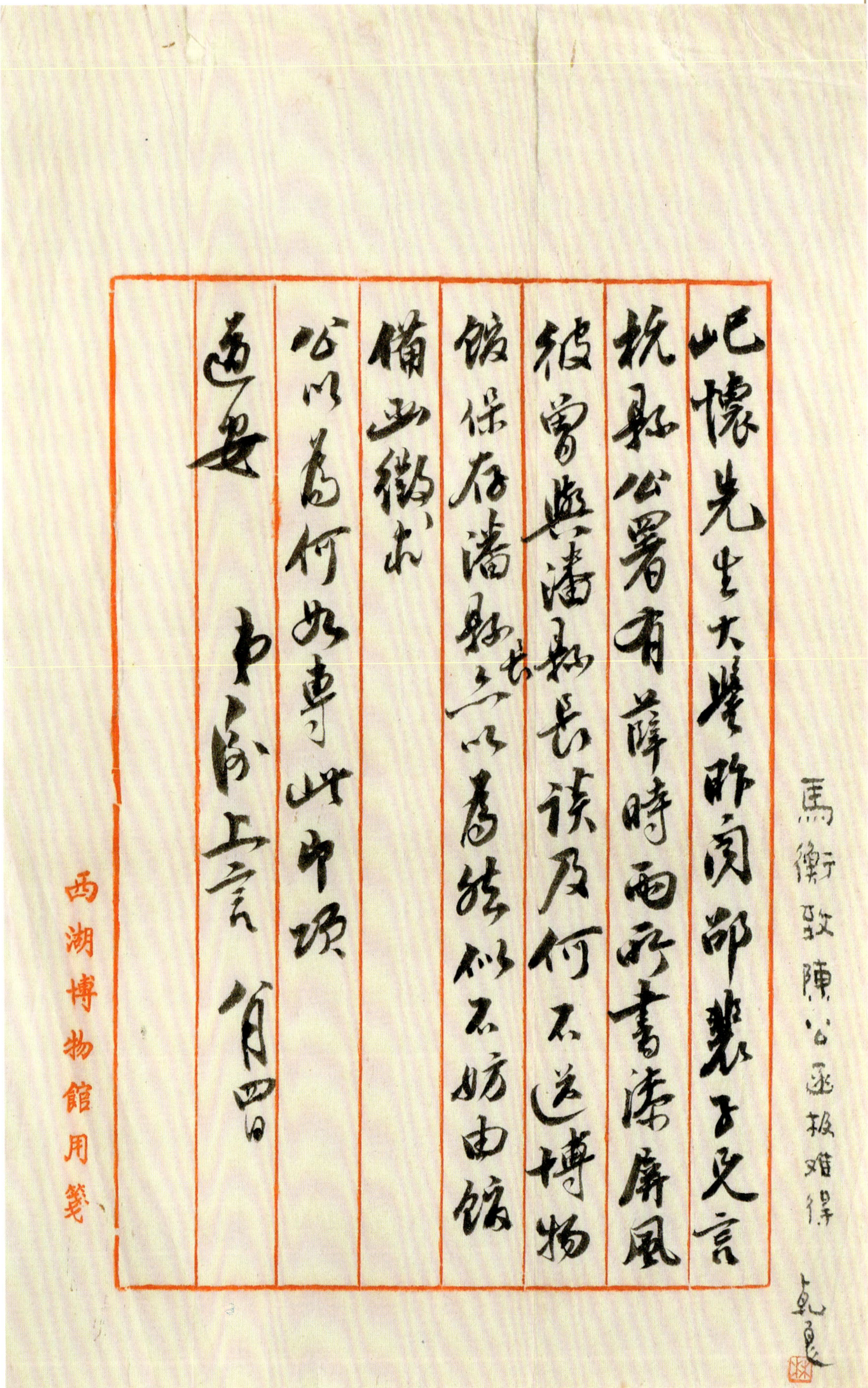

屺懷先生大鑒：昨閲部裴子見言杭縣公署有薛時雨所書澹廬屏風，彼曾與潘縣長談及何不送博物館保存，潘縣長亦以爲然，似不妨由館備函徵求，公以爲何如？專此即頌
道安
弟衡上言　八月四日

西湖博物館用箋

馬衡致陳公函极難得　乾息

馬衡致陳屺懷書札

屺懷先生大鑒：昨聞邵裴子兄言，杭縣公署有薛時雨所書漆屏風，彼曾與潘縣長談及，何不送博物館保存？潘縣長亦以爲然。似不妨由館備函徵求。公以爲何如？專此，即頌
道安。弟衡上言。八月四日。

馬衡（一八八一—一九五五），字叔平，别署無咎、凡將齋。浙江寧波人。曾任北京大學研究所國學門考古學研究室主任、故宫博物院院長，中華人民共和國成立後任北京文物整理委員會主任委員。著有《中國金石學概要》《凡將齋金石叢稿》《漢石經集存》《凡將齋印存》《凡將齋金石論叢》等。西泠印社早期社員。一九四七年任西泠印社第二任社長。

上款人陳屺懷（一八七二—一九四四，一説一九四三），名訓正，字屺懷，號天嬰子。浙江慈溪人。一九〇二年舉人。同盟會會員。曾任黄埔軍校辦公廳秘書、浙江省政府委員、杭州市長、浙江省民政廳代廳長、浙江省臨時參議會議長。著有《國民革命軍戰史初稿》《天嬰室叢稿》《晚山人集》《天嬰詩輯》《論語時訓》《倪言》等，主持修纂《定海縣志》《鄞縣通志》等方志。

慈壽室方箋

李懷恭女士四十四歲

因產後失血需用陳阿膠服食此證

張宗祥

復診隨帶原方

寓址：餘慶路一八七號

（即姚主教路愛棠路）

電話：七七四一三

李氏孫陸師維釗夫人也頁即師母所賜 生

張宗祥致李懷恭方箋

李懷恭，女，四十四歲。

因多產失血，需用陳阿膠服食。此證。張宗祥。

張宗祥（一八八二—一九六五），譜名思曾，後改名宗祥，字閬聲，號冷僧，別署鐵如意館主。浙江海寧人。曾任浙江圖書館館長，浙江省文史研究館副館長，中國美協浙江分會副主席，浙江省人大代表、政協常委。一九五八年曾任恢復西泠印社籌備委員會主任。著有《臨池隨筆》《書法源流記》《論書絶句》《論晋人書法》《不滿硯齋眷稿集》《游桂草》《入川草》《清代文學史》《鐵如意館雜記》《醫藥淺説》《本草簡要方》《冷僧書畫集》等。一九六三年加入西泠印社，同年任西泠印社第三任社長。

上款人李懷恭，陸維釗夫人，上海金山人。

乾良學兄：外孫女儲國由小姑方樓桃陪同趨謁，為沈銘方擬報考母校研究生，視於孟海是否有可能，敬請惠賜詳教，指示一切，不勝感荷。舊刻兩印並尊藏寧波文史資料一冊即奉繳，乞察收。我因病腦今日進浙江醫院住院檢查，結果容日奉告。此頌

著安。吳夫人均候。孟海頓首 十九日

沙孟海致林乾良書札

乾良學兄：外孫女儲岡由小媳方樹楓陪同趨謁，爲沈銘方想報考母校研究生，親聆

教誨，是否有可能？敬請

惠賜譚接，指示一切，不勝感荷！舊刻兩印並尊藏寧波文史資料一冊即奉繳，乞

詧收。我因病腰，今日進浙江醫院住院檢查，結果改日奉告。順頌

教安。奚夫人均候。　孟海頓首。十九日。

沙孟海（一九〇〇—一九九二），原名文若，字孟海，號石荒、沙村、决明。浙江鄞縣人。曾任浙江大學中文系教授、浙江美術學院教授、西泠書畫院院長、浙江省博物館名譽館長、中國書協副主席。一九五八年曾任恢復西泠印社籌備委員會委員。著有《近三百年的書學》《印學概述》《浙江新石器時代文物圖録》《蘭沙館印式》《印學史》《沙孟海論書叢稿》《沙孟海書法集》《沙孟海寫書譜》《中國書法史圖録》，并主編《中國新文藝大系·書法卷》等。西泠印社早期社員，一九七九年任西泠印社第四任社長。

上款人林乾良（一九三二—），別名林泠伊堂、印迷。福建福州人。曾任浙江中醫學院（現浙江中醫藥大學）教授，中國書協會員。著有《甲骨文與書畫印》《篆刻三字歌》《中國印》《世界印文化概説》《方寸萬千》《瓦當印譜》《西泠八家研究》《印迷藏印印話》《中國篆刻市場通鑒》《二十世紀篆刻大師》《天下第一名社西泠印社》《西泠群星》等數十種。富收藏，所涉甚廣。一九七九年加入西泠印社，爲『西泠五老』之一。

紹良居士：

賴永海先生所題書籤寫就，附請轉致。承

惠贈書二冊，並乞代致謝。尚未展讀，初翻閱目錄，

便知必饒新意也。多日住院，今日初退，稍休息，過兩日便擬出院耳。

樸初 六、七

趙樸初致周紹良書札

紹良居士：

賴永海先生囑題書籤，寫就，附請　轉致。承惠贈書二册，並乞代致謝。尚未展讀，初翻閱目録，便知必饒新意也。多日低燒，今日初退，稍休息數日，便擬出院耳。

樸初上。二、七。

趙樸初（一九〇七—二〇〇〇），安徽太湖人。曾任第六、七、八、九屆全國政協副主席，中國民主促進會中央委員會副主席、中國佛教協會會長，中國佛學院院長，中國藏語系高級佛學院顧問，中國宗教界和平委員會主席，中國書協副主席。著有《滴水集》《片石集》《佛教常識答問》等。一九七九年加入西泠印社。一九九三年任西泠印社第五任社長。

上款人周紹良（一九一七—二〇〇五），安徽東至人，著名紅學家、敦煌學家、佛學家、文史學家、收藏家、文物鑒定專家。曾任國家古籍整理出版規劃小組顧問、國家文物鑒定委員會委員、中國佛教協會副會長兼秘書長，中國佛教文化研究所所長、中國敦煌吐魯番學會語言文學分會會長、中國唐史學會副會長，第五、六屆全國政協委員。著有《敦煌變文彙録》《敦煌文學芻議》《敦煌寫本〈壇經〉原本》《紹良叢稿》《〈紅樓夢〉研究論集》《清代名墨談叢》《蓄墨小言》《清墨談叢》《百喻經今譯》等。

紹良吾兄：

命題書簽，敬寫奉上，如不合用，請示下再寫，勿客氣！！又舒蕪兄命題一簽，弟忘了他的地址，懇求代為轉寄，可以吧！！謝々！

敬禮！！

弟功合十

十二日

弟不知舒公門牌號數，內附一函，請轉閱（內有和苗子之詩），閱後求賜填號數，並擲郵筒，至禱至禱！！ 又叩

啓功致周紹良書札

紹公吾兄：

命題書簽，敬寫奉上，如不合用，請示下再，勿客氣！又舒蕪兄命題一簽，弟忘了他的地址，懇求代爲轉寄，可以吧！謝謝！敬禮！弟功合十。十六日。

弟不知舒公門牌號數，内附一函，請賜閲（内有和苗子的詩），閲後求賜代填號數，並擲郵筒。至謝至謝！又叩。

啓功（一九一二—二〇〇五），字元白，也作元伯，號苑北居士。北京市人。雍正皇帝第九代孫。曾任北京師範大學教授，第六、七、八、九、十届全國政協常委，國家文物鑒定委員會主任委員、中央文史研究館館長、中國書協主席，中國佛教協會、故宫博物院、國家博物館顧問。著有《古代字體論稿》《詩文聲律論稿》《啓功叢稿》《啓功韵語》《啓功絮語》《啓功贅語》《漢語現象論叢》《論書絶句》《論書札記》《説八股》等。北京師範大學出版社出版有《啓功全集》二十卷。一九七九年加入西泠印社。二〇〇二年任西泠印社第六任社長。

彥堂吾丈：賜示祇悉。二甲骨文已請李君攜帶寄出，由中研院總辦事處轉，收到請覆。附時價目單一紙。另《古史研究資料》一小冊，日爲人借去，原詢者自美返回，惟未道到。頃過港，敬託重雄爲尋，已久未見。逕寄青大處。此籌向傳所長紀念論文之小冊，如到，請寄嚴一萍兄，之代爲論覽，至待參考。請設法於卅四日前掃□，尤感。專此，敬頌

道安

晚　饒宗頤拜啓　二十日

如有賜教，請照舊址寄港□樂西街215號三樓，俾聯

饒宗頤致董作賓書札

彥堂先生左右：賜書祇悉一一。甲骨書三種本日挂號寄出，由中研院總辦事處轉，收到請覆。附時價目單一紙。古史研究資料一小册，已爲人借去，原約數日間送回，惟未送到，致廼誤期，重購而書局已無，其書遲當寄去，知注并聞。傅所長紀念論文上下册收到，謝謝！嚴一萍兄三代文化論文亟待參考，請設法於廿四日前擲賜尤感。專此，敬頌

道安。晚饒宗頤再拜。二十日。

如有匯款，請照舊址：香港永樂西街215號三樓偉聯行。

饒宗頤（一九一七—二〇一八），字固庵、伯濂、伯子，號選堂。廣東潮州人（生于潮安）。曾任教于新亞書院、香港大學，曾任新加坡大學中文系講座教授兼系主任、美國耶魯大學研究院客座教授、香港中文大學中國語言及文學系講座教授兼系主任，中央文史研究館館員。曾獲法蘭西學院儒林漢學特賞，中國國家文物局及甘肅省人民政府授予的敦煌文物保護、研究特別貢獻獎，香港政府大紫荆勛章，以及香港藝術發展局終身成就獎等。著有《潮州叢著初編》《楚辭地理考》《韓江流域史前遺址及其文化》《海南島之石器》《明器圖録·中國明器略説》《戰國楚簡箋證》《〈人間詞話〉平議》《長沙出土戰國楚簡初釋》《楚辭書録》《巴黎所見甲骨録》《老子想爾注校箋》《楚辭與詞曲音樂》《長沙出土戰國繒書新釋》《九龍與宋季史料》《殷代貞卜人物通考》《詞籍考》《敦煌曲》《黄公望及富春山居圖臨本》《中國史學上之正統論》《楚帛書》《中印文化關係史論集——悉曇學緒論》《詞集考（唐五代宋金元編）》《梵學集》等。出版有《選堂書畫集》《饒宗頤書畫集》《饒宗頤翰墨》《固庵詞》《晞周集》《選堂詩詞集》等多種。二〇一一年加入西泠印社，同年任西泠印社第七任社長。

上款人董作賓（一八九五—一九六三），原名作仁，字彥堂，又作雁堂，號平廬。河南南陽人。甲骨四堂之一。曾于福建協和大學、河南中州大學和廣州中山大學任講師、副教授和教授。一九四八年被選爲中央研究院院士。曾任美國芝加哥大學客座教授，一九四九年以後兼任臺灣大學教授，後任香港大學、崇基書院、新亞書院和珠海書院研究員或教授。編著有《殷虚文字》（甲編、乙編）、《殷曆譜》、《甲骨文斷代研究例》等。

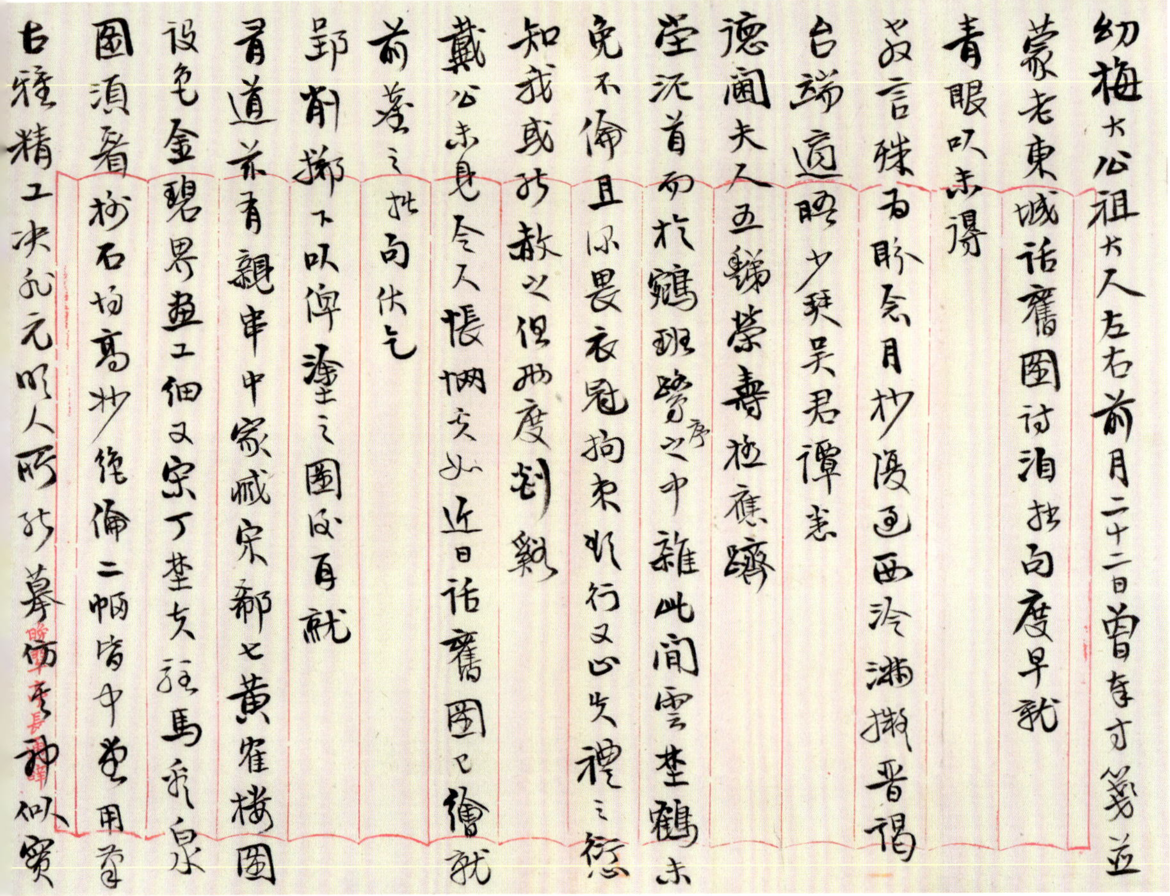

胡钁致李輔燿書札

幼梅大公祖大人左右：前月二十二日曾奉寸箋，並蒙老《東城話舊圖》詩洎拙句，度早就
青眼，以未得
教言，殊爲盼念。月杪復過西泠，滿擬晋謁台端，適晤少琴
吴君，譚悉
德閫夫人五觔榮壽，極應蹐
堂泥首，而於鵷班鷺序之中，雜此閑雲埜鶴，未免不倫，且深畏衣冠拘束，欲行又止，失禮之愆，知我或能赦之。但兩度剡豀，
戴公未見，令人悵惘奚如！近日《話舊圖》已繪就，前塵之
拙句伏乞
郢削擲下，以俾塗之圖後，再就
有道。茲有親串中家臧宋郁七《黄雀樓圖》，設色金碧，界畫工細，又宗丁埜夫《秋馬飛泉圖》，須看寸石均高妙絶倫。

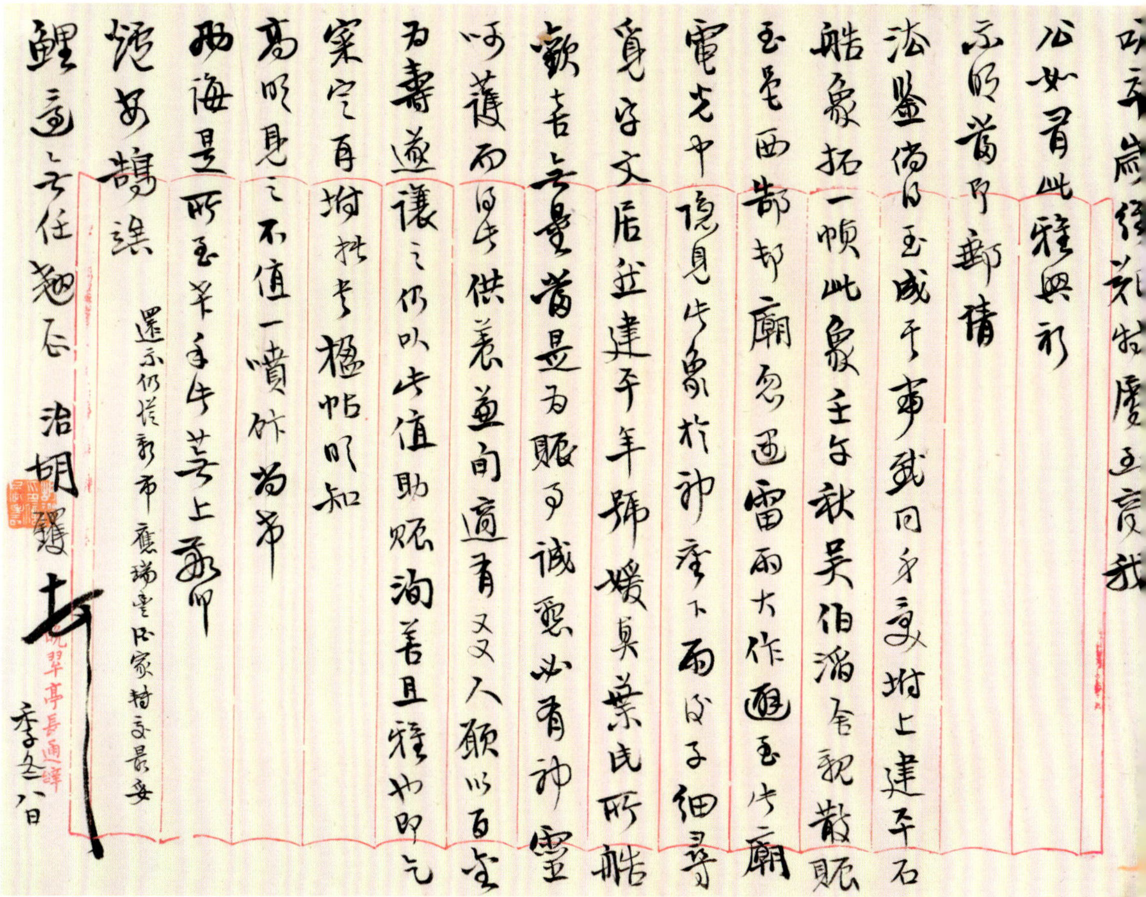

二幅皆中堂，用筆古雅精工，决非元明人所能摹仿其神似。實以卒歲維艱，特屬函商，我公如有此雅興，祈示明，當即鄄請法鑒，倘得玉成其事，感同身受。坿上建平石船象拓一幀。此象壬午秋吴伯滔舍親散賑至邑西郜邨廟，忽遇雷雨大作，避至此廟，電光中隱見此象於神座下，雨後子細尋覓字文，居然建平年號媛真葉氏所船，歡喜無量，當是爲賑事誠懇，必有神靈呵護而得此供養。兼旬適有友人願以百金爲壽，遂讓之，仍以此值助賑，洵善且雅也。即乞宗定。再坿拙書楹帖，明知高明見之不值一噴飯，尚希兩誨，是所至幸！手此，蕪上敬叩爐安！鵠竢鯉還，無任翹企。治胡钁頓首。季冬八日。

還示仍從新市應瑞堂酒家轉交最妥。

胡钁（一八四〇—一九一〇），一名孟安，字菊鄰（菊一作匊），號老鞠、廢鞠、不枯，又號晚翠亭長、竹外外史，晚年又號南湖寄漁，别署不波生、葆光亭主人，書畫作品多落晚翠款。浙江桐鄉人。清同治八年（一八六九）秀才。爲『晚清篆刻四大家』之一。著有《晚翠亭詩稿》《不波小泊吟草》《晚翠亭印存》《晚翠亭藏印》等。西泠印社早期社員。

上款人李輔燿（一八四八—一九一六），字補孝，號幼梅，又號和定，晚年自號懷盧主人、九子山人。生于長沙芋園。曾任浙江鹽運使、杭嘉湖道臺、浙江省防軍支應局總辦、寧紹臺道臺、温州鹽厘金局監理等。西泠印社成立時，李輔燿作爲長輩與地方官員對印社成立給予了大力支持與幫助，爲西泠印社贊助社員。

幼如觀察大人閣下　昨承

示我崇依研年緻錄之石齋研尤可寶貴

回憶共舟同日年都門言別每每二十年矣對之

悵惘　大著覺述錄回再送

覽竟祕之人之多言亦可畏也以續

台安

姻愚弟丁立誠頓首

丁立誠致李輔燿書札

幼公觀察大人閣下：昨承
示祇悉。瓜研奉繳，較之石齋研尤可寶貴。回憶與再同同年都門言别，匆匆二十年矣，
對之憮然。《大義覺迷録》四册送
覽，乞祕之！人之多言殊可畏也！敬請
台安。治世愚弟丁期立誠頓首。

丁立誠（一八五〇—一九一二），字修甫，號慕倩，晚號辛老、莘老，丁輔之之父。浙江杭州人。清光緒乙亥（一八七五）舉人，官内閣中書。著有《小槐簃文存》《小槐簃吟稿》《夢痕詞》《武林雜事詩》《東河新棹歌》等。西泠印社早期社員。

柱尊先生笑政　賓虹初稿

金峰瑤玉摩青空，赤霞段像游神仙宮，花村鳥嶇

海來波濤蔽日迴，長風揭來搖舟蹤，山龍岩窟盤曲過，百

洞幽嶂雄城墻黝，鐵連雲中旌旗指，展朝暾紅天柱

壁峭劍息立，瀑瀉上湖銀河通，洞明新月罩垂虹，冰龕

飛動泉玲瓏，梯继不到蹄所窮，神遊窟遍古南陽葛，罩耕陪

汗元氣乎元直，抉雲秘天無功，安得巨幹揮驚濤廣前

夜雨靜喧空，遊屐巖觀鐵城連雲，諸峰跳展旗天柱

諸峰經大小龍湫，東西石罣斜月冰窟，諸洞賦此

在芝閣[illegible]帖

黃賓虹致陳柱詩札

壺嶠琢玉摩青穹，赬霞縹緲神僊宮。花村鳥山甌海東，波濤蔽日迴長風。揭來捨舟躡巃嵸，盤過百澗巒嶂雄。城墉黝鐵連雲中，旌旗招展朝暾紅。天柱壁峭劖鬼工，瀑流上溯銀河通。洞明新月梁垂虹，冰簾飛動泉玲瓏。梯縋不到睇眄窮，神游邃古開鴻蒙。筆耕浩汗元氣充，直抉靈秘天無功。安得巨幛揮驚潨，簷前夜雨聲喧空。游鴈宕鐵城、連雲諸嶂，眺展旗、天柱諸峯，經大小龍湫、東西石梁、新月、水簾諸洞，賦此。

柱尊先生笑政，賓虹初稾。

黃賓虹（一八六五—一九五五），初名懋質，後改名質，字樸存，號賓虹，別署予向。安徽歙縣人，生于浙江金華。南社社員。曾任中國藝術專科學校校長，第二屆全國政協委員、中國美協理事。曾被授予『中國人民優秀畫家』稱號。著有《黃山畫家源流考》《虹廬畫談》《古畫徵》《畫學編》《金石書畫編》《畫法要旨》《黃賓虹畫語録》等。西泠印社早期社員。

上款人陳柱（一八九〇—一九四四），字柱尊，號守玄。廣西北流人。著名國學家。曾任大夏大學教授、國文系主任，兼任暨南大學、光華大學中文系主任，後任交通大學教授、中文系主任。南社社員。著有《守玄閣文字學》《公羊家哲學》《墨子閒詁補正》《小學評議》《三書堂叢書》《文心雕龍校注》《墨學十論》《子二十六論》《待焚詩稿》等。

壽壽壽壽壽壽壽壽壽
壽壽壽壽壽壽壽壽壽
壽壽壽壽壽壽壽壽壽
壽壽壽壽壽壽壽壽壽
壽壽壽壽壽壽壽壽壽
壽壽壽壽壽壽壽壽壽
壽壽壽壽壽壽壽壽壽
壽壽壽壽壽壽壽壽壽
壽壽壽壽壽壽壽壽壽

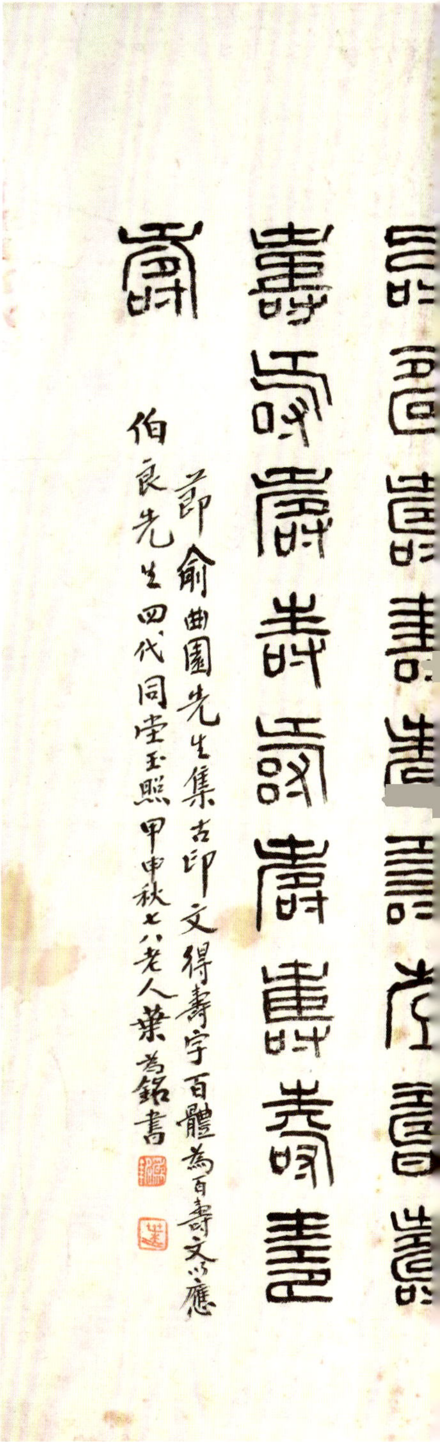
節俞曲園先生集古印文得壽字百體爲百壽文以應
伯良先生四代同堂玉照甲申秋七八老人葉爲銘書

葉爲銘小品

壽（百體）。

節俞曲園先生集古印文，得壽字百體爲《百壽文》，以應伯良先生四代同堂玉照。甲申秋，七八老人葉爲銘書。

鈐印：葉、丁卯生、爲銘、葉舟

葉爲銘（一八六七—一九四八），又名葉銘，字盤新，又字品三，號葉舟，别署鐵華盦。安徽徽州人，寄籍新州，居浙江杭州。著有《七十回憶録》《徽州訪碑録》《葉舟筆記》《廣印人傳》《再續印人小傳》《二金蝶堂印譜》《補遺廣印人傳》《金石家傳略》《歙縣金石志》《説文目》《逸園印輯》《遁庵遺迹》《松石廬印彙》等。輯有《葉氏印譜成目》《列仙印玩》《鐵華盦印集》《西泠印社十周年〈社志〉》等，并編輯《西泠印社三十週紀念刊》，偕吴昌碩精心選擇審定《金石書畫録》十册。係西泠印社創始人之一。

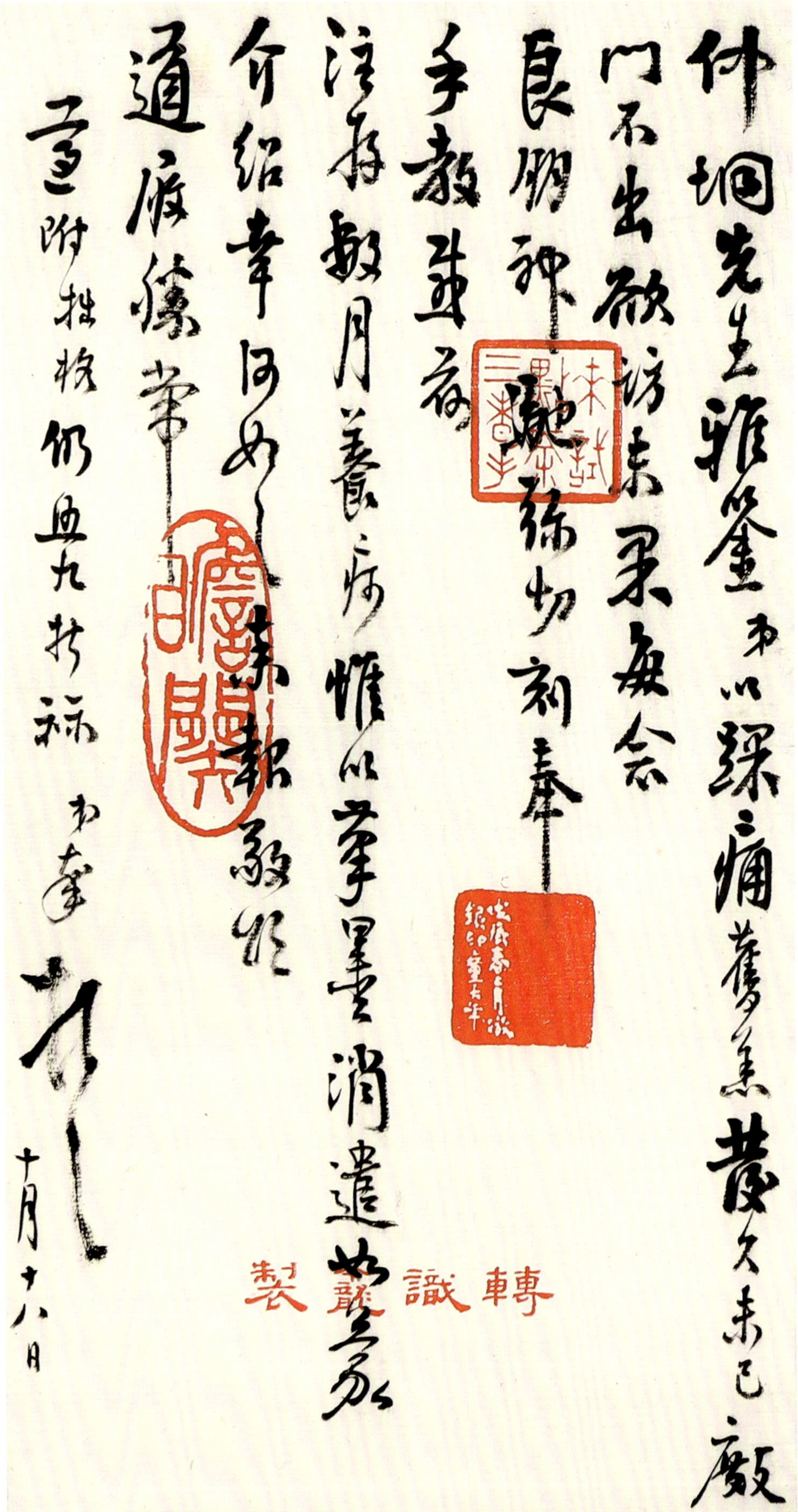

仲垧先生雅鑒：前以踝痛舊恙發，久未已，廢
門不出，欲訪未果。無念
良朋，神馳綿切。初奉
手教，並蒙
注存。數月養痾，惟以筆墨消遣如常。
介紹事何如？如未報，敬頌
道履綏常。
之附拙稿，仍無九折，祈 弟大年
十月十八日

轉識龕製

童大年致吴仲坰書札

仲坰先生雅鑒：弟以踝痛舊恙發，久未已，闕門不出，欲訪未果，每念
良朋，神馳彌切。刻奉
手教，感荷
注存。數月養疴，惟以筆墨消遣。如蒙
介紹，幸何如之。率報。敬頌
道履勝常。
遵附拙格，仍照九折祘。　弟大年頓首。十月十八日。

童大年（一八七四—一九五五），原名暠，字醒盦，又字心安，一作心龕，號性涵、松君五子，又號金鼇十二峰松下第五童子，所居曰安居、依古廬、雪峰片石草廬。上海崇明人。著有《依古廬篆痕》《童子雕篆》《瓦當印譜》《無雙印譜》《撫古印譜》《古人名印存》《肖形圖像印存》等。西泠印社早期社員。

上款人吴仲坰（一八九七—一九七一），别署仲珺、仲軍，字載和，亦曰在和。齋名師李齋。江蘇揚州人。精究漢印，亦能書善畫，擅鑒賞，富收藏。輯有《餐霞閣印稿》《郘亭印存》。

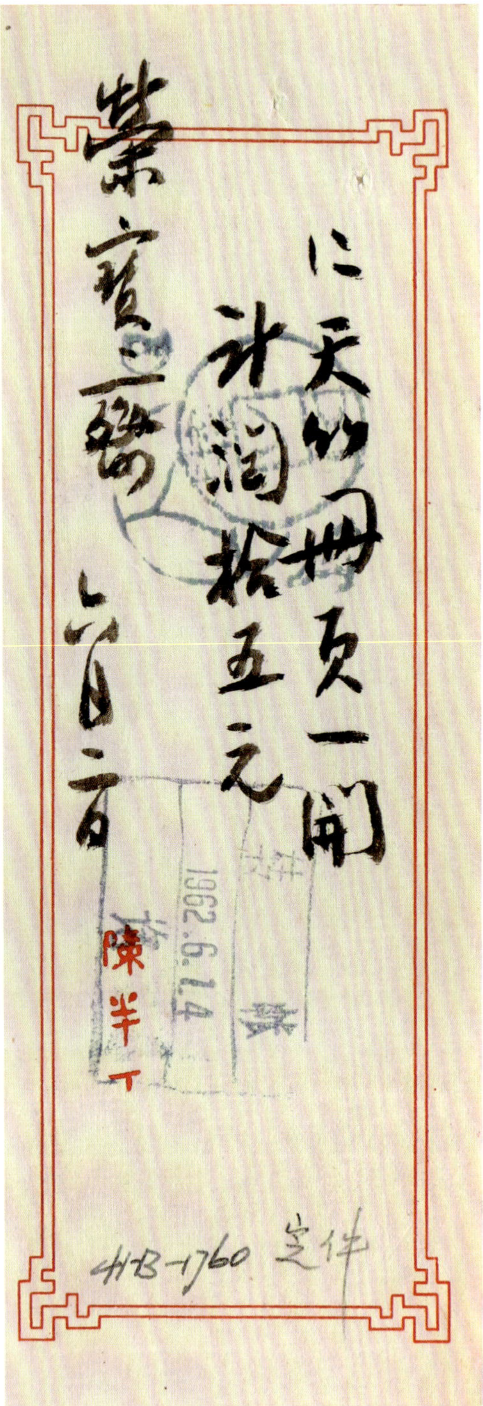

仁天以冊頁一開
計潤拾五元
榮寶齋
半丁言

1962.6.14

陳半丁

HB-1760 定件

陳半丁致榮寶齋書札

（一尺二）天竹冊頁一開，

計潤拾五元。

榮寶齋。六月二日，陳半丁（印）。

陳半丁（一八七六—一九七〇），名年，字静山。浙江紹興人。曾任中國美協理事、北京畫院副院長、中國畫研究會會長。有《陳半丁畫集》《陳半丁花卉畫譜》《當代中國畫全集·陳半丁》行世。一九六三年加入西泠印社。

樹珊仁兄先生著席前因高纘同君
誌稿書就後曾上一函著堂之面呈
閱高府墓現拟更改天寸并拟託弟代
為重書石鐫字包辦一切此事若在鎮江
則小郭包辦即可為費無庸今居滬
上各事買石刻工皆不諳行只得敬謝不敏
尚祈原諒轉達為荷专請
道安
弟蘇澗寬頓首
十一月廿九日

蘇澗寬致袁樹珊書札

樹珊仁兄先生著席：前因高緒同君誌稿書就後曾上一函，着瑩之面呈。聞高府現擬更改尺寸，并擬託弟代爲重書，購石鐫字，包辦一切。此事若在鎮江，叫小郭包辦即可，爲費亦廉。今居滬上，各事（買石、刻工）皆不諳行，只得敬謝不敏，尚祈原諒轉達爲荷。專請道安。

弟蘇澗寬頓首。十一月廿九日。

蘇澗寬（一八七八—一九四二），字碩人，號考槃子、考槃隱者等。江蘇鎮江人。著有《考槃刻印偶存》《信好軒詩鈔》《信好軒印存》等。西泠印社早期社員。

上款人袁樹珊（一八八一—一九五二），名阜，以字行，晚號江上老人。著有《婦科準繩》《生理衛生》《診斷彙要》《行醫良方》《圖翼治法》《針灸治療方法》《中醫序跋擷英》《本草萬方擷英》《十二經動脉表》等。

昨日白下兄来读片刻本擬返寓

尊處耶

足下来急定不能遽回果白下出扇面一葉屬每人繪

九秋之一種另已陳得一枝詩

先点補一稿畫呋詩連家行孙于也久氣陳嘉荔

擬昏浮西语

遐诸此仅

藺梦贯言兄荘安

　　　　　承僕弋
　　　　　五月廿日至

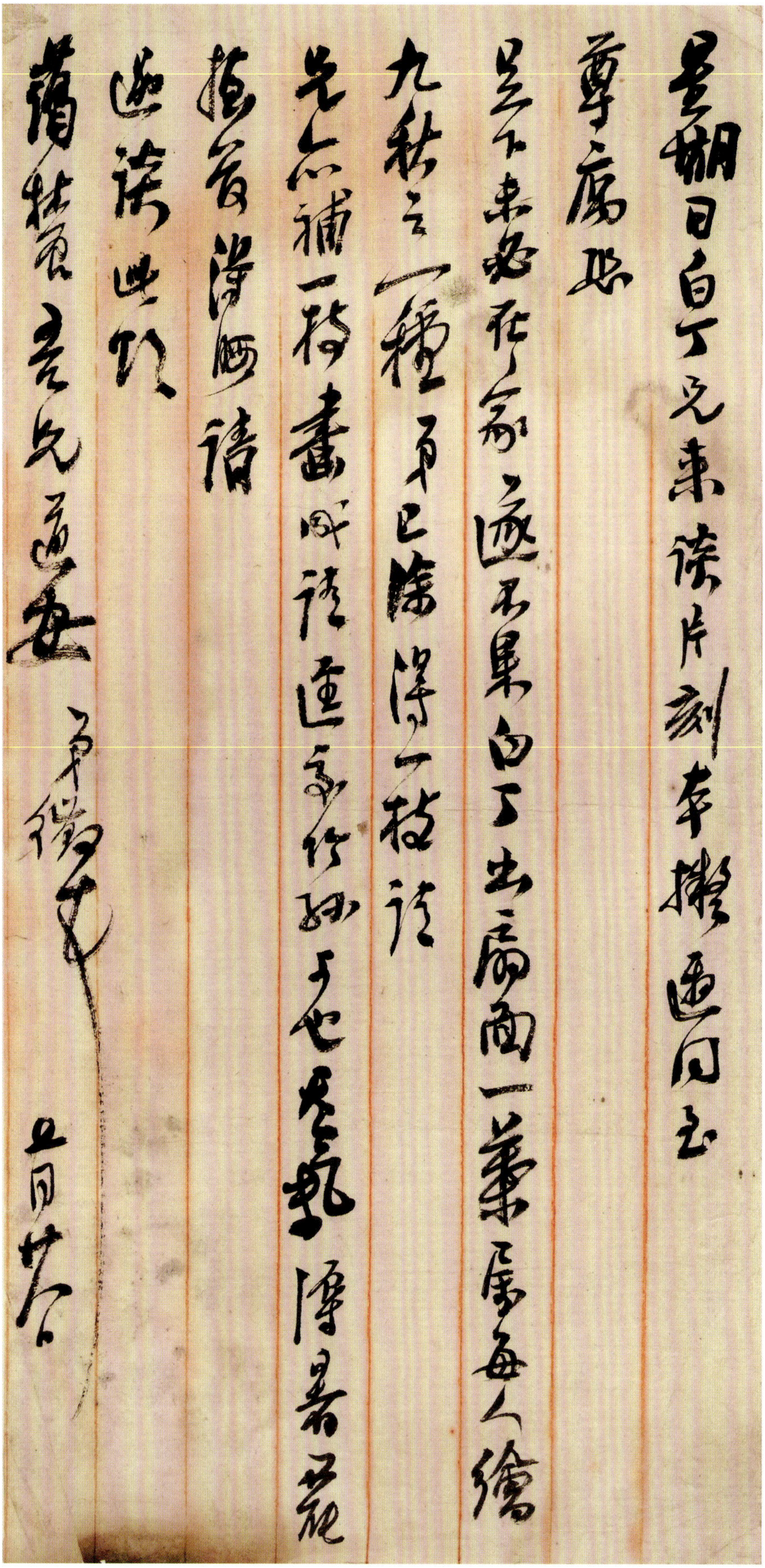

吴待秋致黄葆戉書札

星期日白丁兄來談片刻，本擬邀同至
尊寓，恐
足下未必在家，遂不果。白丁出扇面一葉，屬每人繪九秋之一種，弟已塗得一枝，請
兄亦補一枝，畫成請逕交竹孫可也。天氣溽暑，不能握管，得暇請
過談。此頌
藹農吾兄道安。弟徵頓首。七月廿八日。

吴待秋（一八七八—一九四九），名徵，字待秋，以字行。别號抱鋗居士、疏林仲子、春暉外史、鷺絲灣人、栝蒼亭長，晚署老鋗。浙江桐鄉人。出版有《吴待秋畫稿》《吴待秋畫册》《吴待秋花卉册》等。西泠印社早期社員。

上款人黄葆戉（一八八〇—一九六八），字藹農，號鄰谷，小名破鉢，别號青山農，室號爲『暖日廬』，又名『蔗香館』。福建長樂人。曾任上海商務印書館編輯、美術部主任二十餘年，兼任上海美術專科學校圖畫系主任及上海大學書畫系教授等職。中華人民共和國成立後受聘爲上海市文史研究館首批館員。精鑒賞，善書法篆刻。著有《青山農篆書百家姓》《青山農分書千家文》《青山農書畫集》《暖日廬摹印集》《青山農一知録》《蔗香館詩稿》等。

禊事溯昔聞更僕難縷述丁茲遘亂
無倥偬禊寒食敝廬匿湖陰老櫟
林出彥會蒞羣賢艸木亦生色豪情
錯觥籌俊味矜酒力詩脾沁明前苦
茗飴若蜜憑闌瞰游魚掉尾避罟室
體物淡契心形骸謝雕飾涉無強逶
迤穰惡徒口實問天〻不膺睽〻萬目
側黿鼉謀未寧藏身愳無國欲見太
平時復文筆貴匕次永免與之畢於

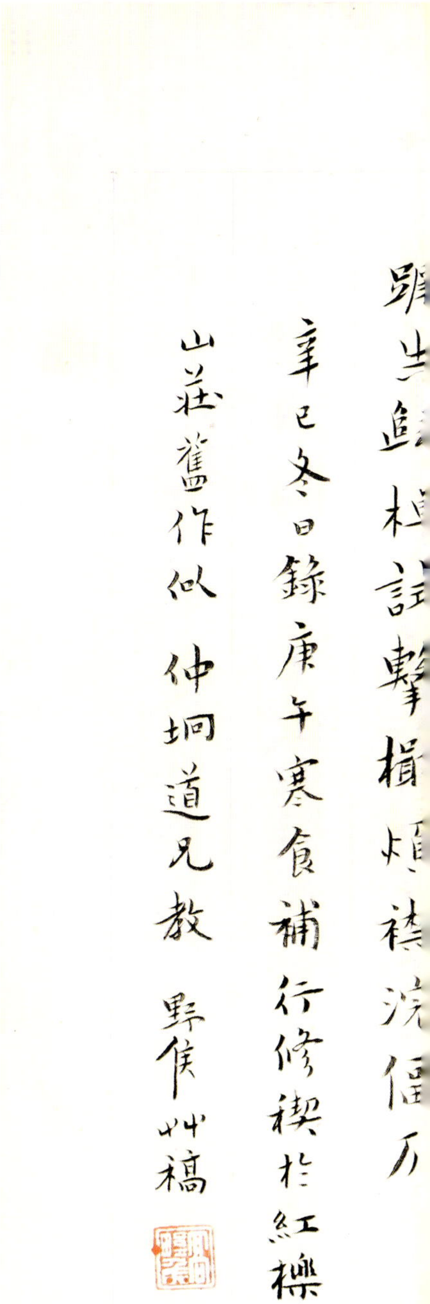
歸棹試擊檝煩襟浣偪仄
辛巳冬日錄庚午寒食補行修禊於紅櫟
山莊舊作似 仲坰道兄教
野侯艸稿

高野侯致吴仲坰詩札

稧事溯昔聞，更僕難縷述。丁兹遽亂世，倥偬稧寒食。敝廬匿湖陰，老櫟欝林出。彦會莅羣賢，艸木亦生色。豪情錯觥籌，俊味矜酒力。詩脾沁明前，苦茗飴若蜜。憑闌瞰游魚，掉尾避罾室。體物深契心，形骸謝雕飾。涉世强逶迤，攘惡徒口實。問天天不膺，睽睽萬目側。寃夢謀未寧，藏身愳無國。欲見太平時，敦效華憤叱。歌咏媿樂遊，學步忘蹶失。歸棹試擊檝，煩襟浣偪仄。

辛巳冬日，録《庚午寒食補行修稧於紅櫟山莊》舊作似仲坰道兄教，野侯艸稿。

鈐印：可庵、光緒戊寅生、高野侯

高野侯（一八七八—一九五二），名時顯，字欣木，號野侯，又號可庵、印林。浙江杭州人。清光緒二十九年（一九〇三）癸卯舉人，曾官内閣中書。精鑒定，富收藏，以古今名人梅花作品爲多，有『五百本畫梅精舍』之稱。曾任中華書局常務董事兼美術部主任。主編西泠印社《金石家書畫集》十八册，弟絡園輯其遺刻爲《方寸鐵齋印存》。西泠印社早期社員。

容臣先生：惠書讀悉。欣款都已收到。吾能欣老青藤人款之作。弟因爲介紹，而此老無款，紙墨費一元，極爲謹慎。至年終時仍欲弟破費付之也。拜讀索款與之言，及即送來收。費又損吾一元。此老全世目光，寫付後寄人指點，其位置與壽字寫得極好。因弟吾指點也。所冊葉潤資已交袁年兄手轉。爾錢。其餘各件總須擬節下也。弟之應酬刻件與篆隸多數，畫不多作耳。近來精神覺無損，然不一一。即以日佳。弟龍丁頓首 十八

松江大生昌監製

費龍丁致張容臣書札

容臣先生：惠書讀悉，耿聯知已收到。去秋耿老有懷人聯之作，弟因爲介紹，而此老每聯收紙墨費一元，極爲認真，至年終時仍欲弟破囊付去也。叔孺索聯，與之言及，即送來收費，又損去一元。此老全無目光，寫時須旁人指點位置，其「壽」字寫得極好，因弟去指點也。前冊葉潤資，乞交轂年兄手轉，爲感。其餘各件，陸續報命可也。弟之應酬，刻件與篆隸多數，畫不多作耳。近來精神覺委頓。餘不一一。即頌

日佳。　龍丁載拜。十日。

費龍丁（一八七九—一九三七），字劍石，别號阿龍、長岸行人，所居名瓮廬。後得秦瓦一方爲硯，因改名硯，字見石，而以龍丁爲號。上海松江人。曾爲南社社員。著有《瓮廬叢稿》《瓮廬印存》《春愁秋愁詞》。西泠印社早期社員。

上款人張容臣生平不詳。

圖書此日書出...今日用在別
處应洲来常明日請来庶後僕
勉帖加此可佳吾諸与弟一
讀为記王辱亦明日承阁敬
只的一...灯...
容臣先生...
志...

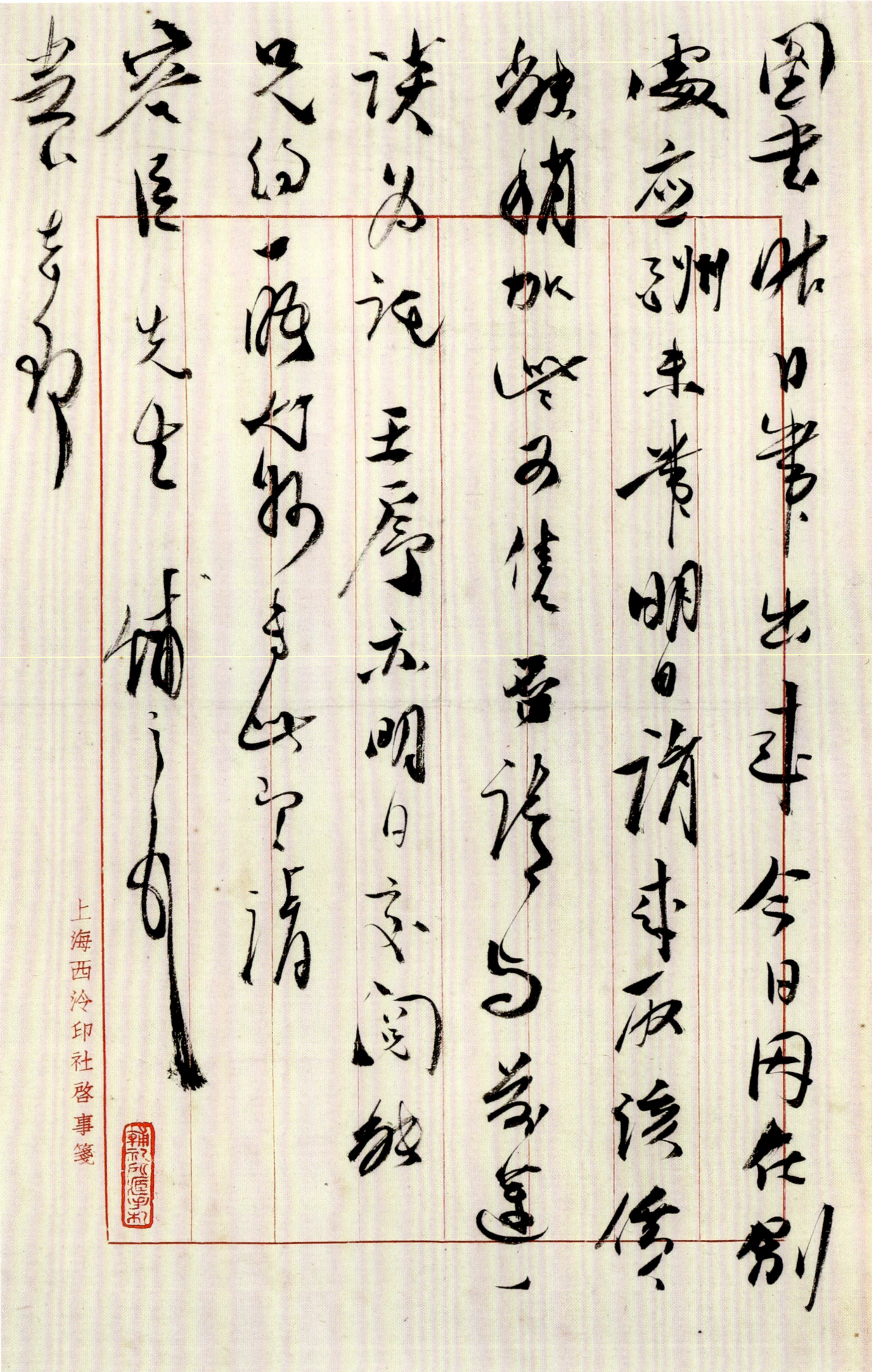

上海西泠印社啓事箋

丁輔之致張容臣書札

圖書昨日帶出來，今日因在別處應酬未帶，明日請來取。該價能稍加些，可售否？請與前蓮一談爲託。王序亦明日交閲，能兄約一晤尤妙。專此，即請

容臣先生。輔之頓首。

貴上老爺。

丁輔之（一八七九—一九四九），原名仁友，後改名仁，字輔之，號鶴廬，又號守寒巢主。浙江杭州人。以家藏及自藏之印章，先後輯成《西泠八家印選》《杭郡印輯》《悲盦印賸》以及袖珍本《丁氏秦漢印譜》二卷。著有《鶴廬詩詞稿》《鶴廬題畫集》《商卜文集聯》《商卜文集存》《鶴廬印存》。與高絡園、葛昌楹、俞人萃四家藏印集拓輯爲《丁丑劫餘印存》。係西泠印社創始人之一。

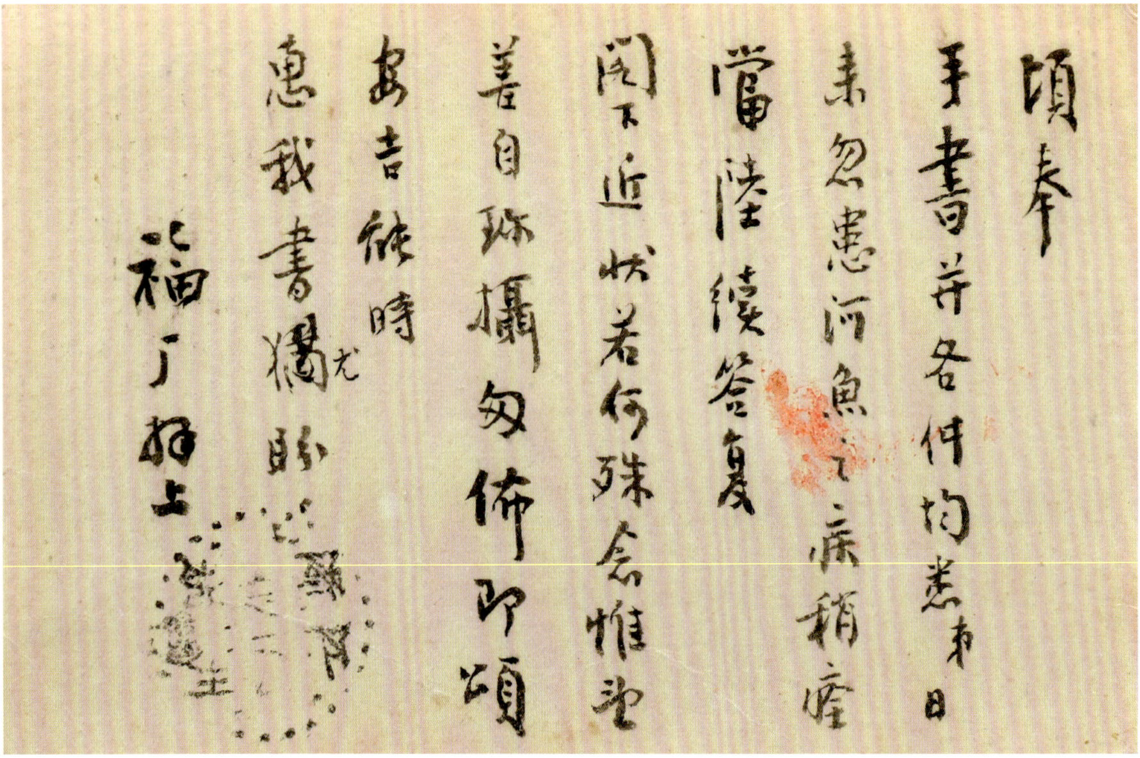
頃奉
手書并各件均悉日
來忽患河魚之疾稍痊
當陸續答復
閣下近狀若何殊念惟望
善自珍攝匆佈即頌
安吉餘時
惠我書尤盼
福厂拜上

王福庵致韓登安書札

頃奉
手書并各件均悉，弟日來忽患河魚之疾，稍痊當陸續答復。
閣下近狀若何？殊念。惟望善自珎攝。匆佈，即頌
安吉。能時
惠我書尤盼。
福厂拜上。

王福庵（一八八〇—一九六〇），初名壽祺，後更名禔。字維季，號福庵，晚號持默老人，室名麋研齋。浙江杭州人。著有《王福庵書説文部目》《王福庵篆書咏懷詩》《麋硯齋印存》《説文部屬檢异》《麋硯齋作篆通假》等，并集各家刻印輯爲《福庵藏印》。係西泠印社創始人之一。

上款人韓登安生平見一一三頁。

適廬先生惠鑒：數日未見，甚念。屺懷先生昨已返杭，明日如有暇，請於午後二三時前往一談（不在私廬，即在博物館內忠烈祠），弟[illegible]三時在彼恭候也。專此，順頌
道綏。弟鈞手

陳錫鈞致鄒壽祺書札

適廬先生惠鑒：數日未見，甚念。屺懷先生昨日已返杭，明日
公如有暇，請於午後二三時前往一談。不在私寓，即在博物館忠烈祠内。弟擬三時在彼
恭侯也。專此，順頌
道綏。弟鈞頓首。

陳錫鈞（一八七九—一九六三），字伯衡，號倬雲，室名石墨樓。江蘇淮陰人。曾任浙江壽昌縣知事、紹興酒捐局局長，浙江通志館編纂等職；中華人民共和國成立後任浙江省文物管理委員會常務委員、浙江省文史研究館館員。著有《歷代篆書石刻目録》《楓樹山房帖目補編》《兩浙碑碣録》《石墨樓金石見聞録》《校碑隨筆校注》《葉鞠裳金石學》等。一九五八年曾任恢復西泠印社籌備委員會副主任，是直接參與將西泠印社社産捐獻給政府四人之一。西泠印社早期社員。

上款人鄒壽祺（一八六四—一九四〇），又名安，字景叔，别稱廣倉、適廬，雙玉主人，室名朋壽堂、雙玉璽齋。浙江海寧人。光緒二十九年（一九〇三）進士。曾任丹陽知縣、平陽知縣。輯著有《蘿坡室獲古叢編》《金石學》《雙玉齋吉金圖録》《蒿里遺珍拾補》《周金文存》等。

海德居士 惠書誦悉。謹承 護念
感謝無已。近因萬壽禪寺念佛堂開
堂、朽人要作開堂講演、演後尚要在此
弘法近一月、來泉日期尚未定、仁者屬書
對聯已寫就、附付郵掛號寄上、乞收入。
不宣。
十月十日 弘一

弘一法師致海德書札

海德居士：惠書誦悉。諸承護念，感慰無已。近因萬壽禪寺念佛堂開堂，朽人要作開堂講演，之後尚要在此弘法近一月，來泉日期尚未定。仁者屬書對聯已寫就，附付郵挂號奉上，乞收入。不宣。十月十日，弘一。

弘一法師（一八八〇—一九四二），俗名李叔同，又名李息霜、李岸、李良，譜名文濤，幼名成蹊，學名廣侯，字息霜，別號漱筒。出家後法名演音，號弘一，晚號晚晴老人，別署甚多。浙江平湖人，生于天津。曾是南社社員。著有《四分律比丘戒相表記》《南山律在家備覽略篇》等，被奉爲律宗第十一世祖。所著由林子青、陳珍珍等編爲《弘一大師全集》十冊傳世。西泠印社早期社員。

上款人海德生平不詳。

國華兄覽：來
先印件並將稿送華排後影印
送校檔照為館寄所加者錯誤
還請一撿。弟想此不甚了了也。書卷
排印期內晚印數為念，弟上印頁
即好。弟紹宋手　一月廿日

余紹宋致舒國華書札

國華兄覽：承
允印件，兹將稿送奉，排後頗盼送校。標點爲館員所加，有無錯誤，還託一核，
弟於此不甚了了也。畫卷擬星期得暇即敷色，勿念。手上，即頌
台好。弟紹宋頓首。一月七日。

余紹宋（一八八三——一九四九），字越園，號樾園、粤來、覺庵、覺道人、映碧主人等，四十六歲後更號寒柯。浙江龍游人。曾任衆議院秘書，司法部參事、次長、代理總長，高等文官懲戒委員會委員，修訂法律館顧部，北京美術學校校長，北京師範大學、北京法政大學教授，司法儲材館教務長，浙江通志館館長等職。著有《書畫書録解題》、《畫法要録》、《畫法要録》（二編）、《中國畫學源流概況》、《寒柯堂詩》、《寒柯堂文録》等。西泠印社早期社員。

上款人舒國華（一九〇一——一九六四），浙江東陽人。曾任教于東陽中學、縉雲五雲中學，是東陽縣一至四届政協委員、第一届人大代表。著有《省吾廬詩文集》《書法談屑》《詩學略述》《盧宅肅雍堂考略》；編有《孫中山名言録》《金華北山古詩選》《東陽圖書館藏古籍篇目》等。

承示閣影詩，亦同陶公以後復有是作。然圍予子為俗人道，隻字如海印森於無是安中涵有象耳。請勿輕示人，却恐不和擬無道者。

浮頓首

三月廿日午

馬一浮致楊樵谷書札

承示問影詩，不圖陶公以後復有是非，然固不可爲俗人道隻字也。海印森然，亦是無中涵有象耳。讚歎有分，却恕不和。

樵谷道長。浮和南。二月六日午。

馬一浮（一八八三—一九六七），幼名福田，後改名浮，字一佛，後字一浮，號湛翁，別署蠲翁、蠲叟、蠲戲老人。浙江紹興人。現代新儒家早期代表人物之一。曾任浙江大學教授。中華人民共和國成立後，任上海市文物管理委員會委員、浙江省文史研究館館長，中央文史研究館副館長，第二、第三屆全國政協特邀委員。有《馬一浮集》行世。一九六三年加入西泠印社。

上款人楊樵谷（一八八五—一九七四），原名夏，字蘭生，號幻海，別號門禪、復叟、晚晴老人、印可老人等。江蘇鹽城人。曾任北京市文史研究館館員。著有《剖佛燈考》《大坪附疑解》《洗像池解》《峨嵋略一卷》《阿彌陀經注釋》等。

家丈賢教化兼著母氏翼君家世守書愛護逾頭目聖賢今已久

絕學卷中著知論得其精雅道期合復青盛世同看精物不福

讀不求字名靈嵒是使鬼哭將無玉佩訓淋與世新游漾魚自

遊人汲古黃香馥樸毋忽飛鵲會友亦鳴鹿精世一居鴻求匹

嫉勝車轂生唯能光祿要求撞果腹知古更知今人誰識沈陵

如對藏書家望然響空谷書香定綿延繁茂祝此樓

奉和陳君樹棠樓閣書藏歌用原韻　沈尹默

沈尹默致陳樹棠詩札

文史資教化，兼善毋取獨。君家世守書，愛護過頭目。聖賢去已久，德言卷中蓄。抽端理其緒，雖遠期可復。有益在開看，精勤事籀讀。不爾字無靈，安足使鬼哭。昭垂王佩訓，淑身世斯淑。蠹魚自避人，況畏蕓氣馥。挾冊忘飛鴻，會友念鳴鹿。積世廣搜求，通航轉車轂。豈唯矜充棟，要若糧果腹。知古更知今，人誰詆沈陸。如斯藏書家，跫然響空谷。書香定綿延，繁茂視此樸。

奉和陳君樹棠樸園書藏歌，用原韵。沈□□。

沈尹默（一八八三—一九七一），字中，號秋明，初名君墨，別號鬼谷子。祖籍浙江湖州，生于陝西安康。曾任北京大學教授、北平大學校長、輔仁大學教授，《新青年》雜志編委。曾是南社社員。中華人民共和國成立後，任中央文史研究館副館長，倡導籌建上海中國書法篆刻研究會，任主任委員。著有《書法論叢》《秋明室雜詩》《秋明室長短句》等。一九六三年加入西泠印社。

上款人陳樹棠（一八九三—一九五〇），四川岳池人。曾任岳池女子師範學校教務長、岳池縣修志局局長。藏書家。藏書樓名爲『樸園書藏』。

節庵博文學兄如面：接係一月十二日所發之信，均悉。青田來去各壽石金款，八等元均照收到。壽石最願保歸里，附用於各前寄壽石常長圖稱一小疏，並出版。尤係人先生我已攜往去尋，特覓日赴杭，擬二轉杭板，告何如。未知著力不足，我很談起，承其意模抗先生，擬嘱觀，擬以思九為無大把握，下學期既文成績頗佳，擬以明年竟社會，值此，有兩分。此期課添至二十名，畢業號，早二名，亦是很留心用功，成為有希望。欽達文係畢業高中，跟難考入（人各額少），係等年內未附，可將前所寄箱第一支歸（係前存之物），總之，茲待帶來可也。又標譜兩買十斤來，我之痔瘡，被此物治好，近日來者，所以而買些來。前之照紙本日內從之出，請兄頂當擬謀事之難，雖於登天，我屢言之，係總不信，現在親歷其境，看如何味道。此後我要息心靜氣，以待機緣，係看屋上吾當附不知我許個折積成的銀兩，我等無有，若要想叫係守舊轉業總……

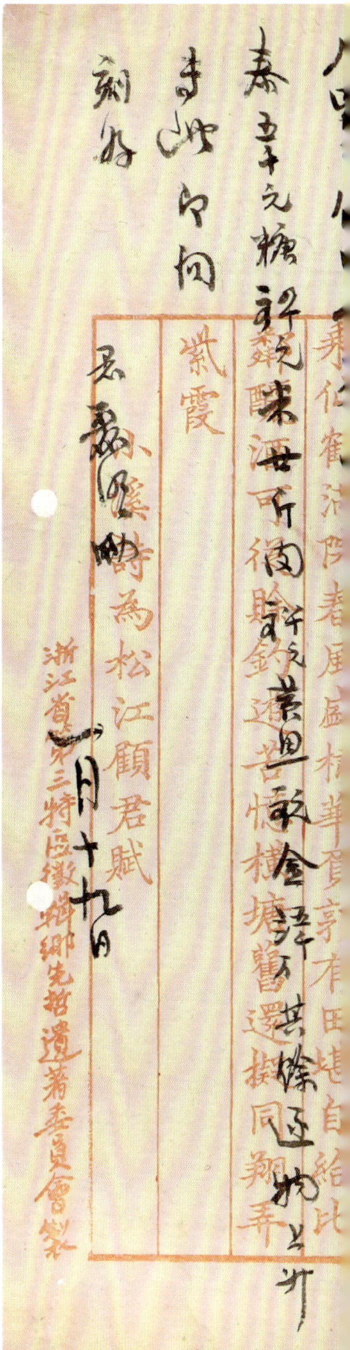

謝磊明致方節庵書札

節庵、博文、學文如面。接你一月十二日所發之信，均悉。青青帶來大衣等及壽昌金欵八萬元，均照收。醬鴨肉等暫存，候歸里時用亦可。兹托壽昌帶湯圓粉一小瓶，望 照收。尤俊人先生我已携信去洽，惜剋日赴杭，據云轉托校長關照，未知着力否？我復請托董樸垞先生提携，雖承滿口應允，亦無大把握。下學期良文成績頗佳，如筆算、社會、自然俱有百分，即别課亦在七十分上，畢業列第十二名，并且很留心用功，或者有希望歟？達文亦畢業，高中人多額少，恐難考入。你等年内來時，可將前存皮箱帶一支歸（將前存之物統統裝滿帶來可也）。又，柿餅可買十斤來，我之痔瘡被此物吃好，□日未發，所以多買點來。前定盤紙本日内總可出貨，亦須裝温。謀事之難，難於登天！我屢言之，你總不信，現在親歷其境，看如何味道！此後或要息心静氣，須待機緣。你看座上客，當時不知幾許周折積成的，談何容易！我等無有靠山，勿冀妄想，所以叫你守舊，轉業總覺難耳。黄楊木人物前抬價太高，無人顧問。温州亦積有一二百个，無人買去，價比前畧高些，如有相當價格，即脱售可也。現下物價，毛泰五十元，糖□，米廿斤，肉□，黄魚□，金□，其餘逐物上升。專此，即問刻好。 愚磊明泐。一月十九日。

謝磊明（一八八四—一九六三），名光，字烈珊，一字磊明，以字行，號玄三、磊盧。浙江温州人。曾任浙江省文史研究館館員、温州市文物管理委員會委員等職。著有《磊盧印存》五集，另有《謝磊明篆書》《磊明印玩》《月泠印譜》行世。西泠印社早期社員。

上款人方節庵（一九一三—一九五一），名約、文松，字節庵，以字行。浙江永嘉人。西泠印社早期社員。

浙江地方銀行總管理處用牋

毅成先生大鑒：前接上
先師書扇，照已收到，前交之函（傅交君甫先生便轉）
先師遺文屬轉交，為要一件
再轉託國先生寬便寄
上，布
寄收先生存收。即頌
文綏

裴子 九、一八

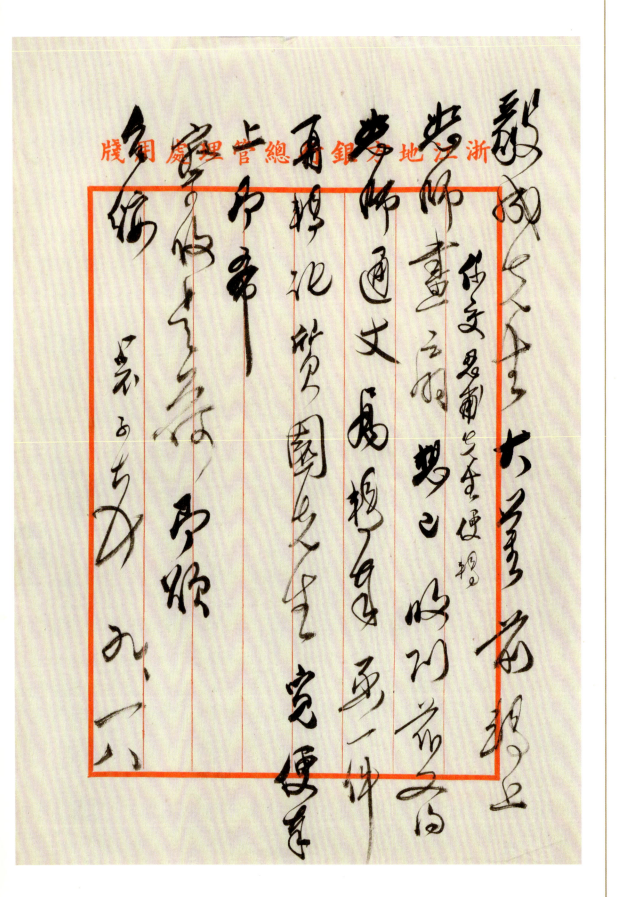

邵裴子致阮毅成書札

毅成先生大鑒：前轉上恕師畫扇，係交忍甫先生便轉。想已收到。兹又得恕師、通丈
屬轉奉函一件，再轉託質園先生覓便奉上。即希
察收是荷。即頌
台綏。裴子頓首。九、一八。

邵裴子（一八八四—一九六八），原名聞泰，又名長光。浙江杭州人。曾任浙江高等學堂校長、浙江大學校長，是浙江大學創辦人之一。中華人民共和國成立後，曾任民革浙江省委主委，浙江省文物管理委員會主任，浙江省文史研究館副館長，全國人大代表，全國政協委員。著有《唐人絶句選》，校輯《林和靖詩集》，譯著有培根《學問之增進》等。西泠印社早期社員，是直接參與將西泠印社社産捐獻給政府四人之一。

上款人阮毅成（一九〇四—一九八八），本名冠華，字静生，號思寧，浙江餘姚人。曾任中央大學教授、浙江省政府委員兼民政廳長，浙江大學法學院院長。一九四九年去臺灣，曾任臺灣《東方雜志》主編等職。著有《政治論叢》《比較憲法》《中國親屬法概論》《國際私法論》等。

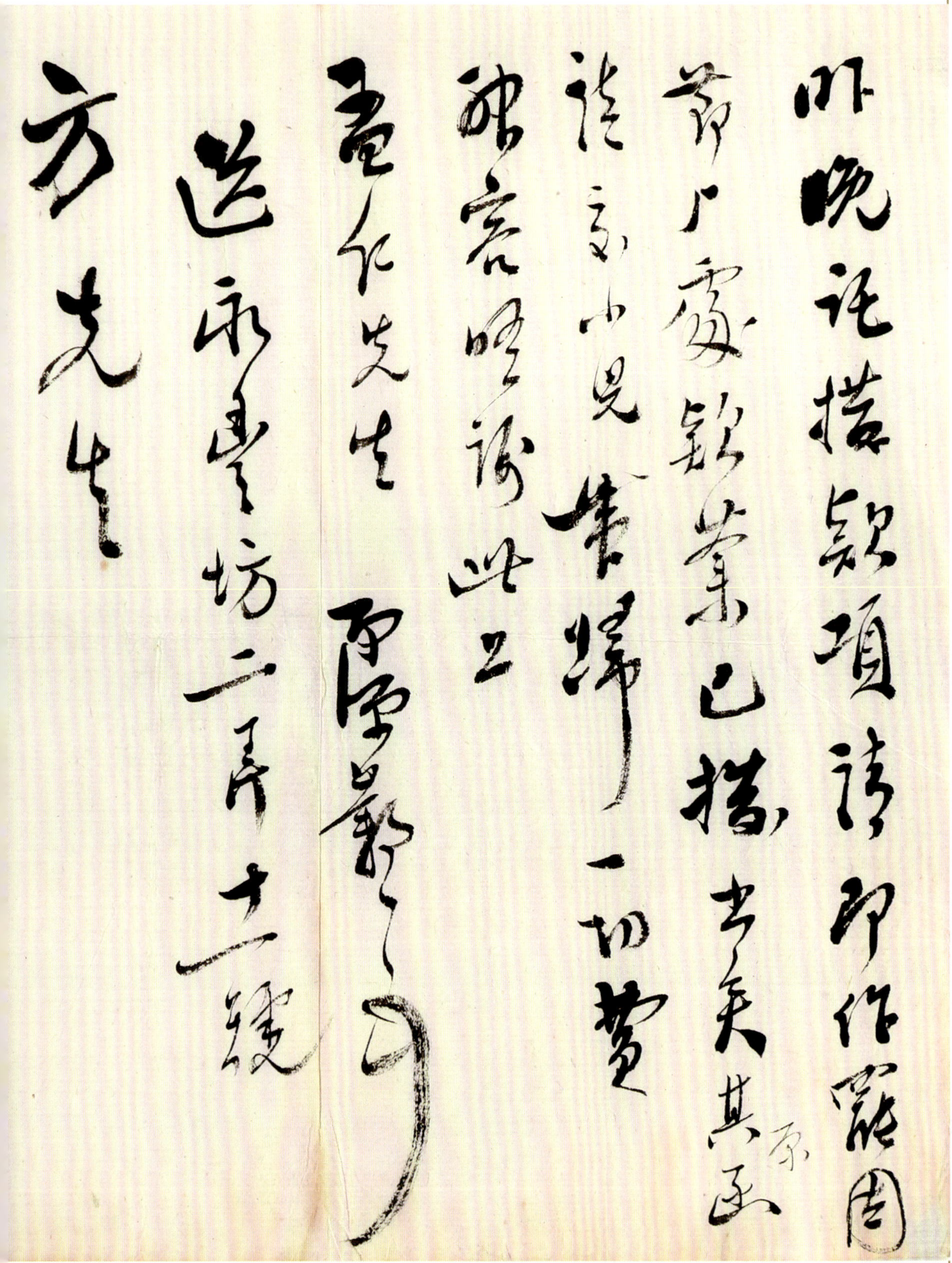
昨晚託拓鈕頂請即作罷因
節下處鈕業已拓出矣其原函
請交小兒帶歸一切費
餘容晤談也此上
孟仁先生　源鄴
送來墨坊二[illegible]十一[illegible]
方先生

唐醉石致方孟仁書札

昨晚託撥欵項請即作罷，因節厂處欵業已撥出矣。其原函請交小兒帶歸。一切費神容晤謝。此上
孟仁先生，弟源鄴頓首。
送永豐坊二弄十一號
方先生。

唐醉石（一八八六—一九六九），原名源鄴，字李侯、蒲傭，號醉龍、醉農、韭園、醉石、醉石山農、印匠，室名休景齋。湖南長沙人。曾任北洋政府國務院印鑄局技正科長、所長，故宫博物院顧問，南京政府印鑄局技師。中國人民共和國成立後任湖北省文史研究館副館長，爲東湖印社創社社長。存世有《醉石山農印稿》等。西泠印社早期社員，曾任理事。

上款人方孟仁，浙江温州人。名中醫，能書畫，富收藏。

公孚大兄道席：尊札先施，過蒙
獎飾，祇益愧汗。寒天惟
動止安綏為頌。弟初無精究，正如晉
季二馬所恒言，不為無益，曷遣有涯耳。
手戰不耐多寫，率復，藉頌
爐安，不備。
愚弟高時敷頓首

高絡園致惲寶惠書札

公孚大兄道席：尊札先施過蒙
奬飾，祇蓋愧汗寒天。惟
動止安綏。弟於藝事初無精究，正如吾季二禺所恒言，不爲無益，曷遣有涯耳。
手戰不耐多寫，率復，藉頌
爐安。不備。愚弟高時敷頓首。

高絡園（一八八六—一九七六），名時敷，字繹求，又字弋虬，號絡園。浙江杭州人。精鑒別，輯所藏古璽印與明清名家印爲《樂只室古璽印存》十册、《樂只室印譜》十一册，另輯有《次閑篆刻高氏印存》《二十三舉印摭》《二十三舉印摭續集》《二陳印則》《丁黄印範》等。與丁輔之、葛昌楹、俞人萃四家藏印輯爲《丁丑劫餘印存》。西泠印社早期社員。

上款人惲寶惠（一八八五—一九七八），字恭孚，又字公孚、訥葊。北京人，祖籍江蘇常州。曾任清政府兵部主事、陸軍部郎中、陸軍部大臣行營秘書長、禁衛軍秘書處處長。民國時任北洋政府國務院秘書長、故宫博物院總務處副處長、蒙藏院副總裁等。中華人民共和國成立後，應全國政協文史資料研究委員會之邀，赴北京任文史專員；同時又應中華書局之請，做古籍史書及《清史稿》之校勘、標點工作。後被中國人民大學清史研究所聘爲特約研究員。著有《筠心館雜記》等。

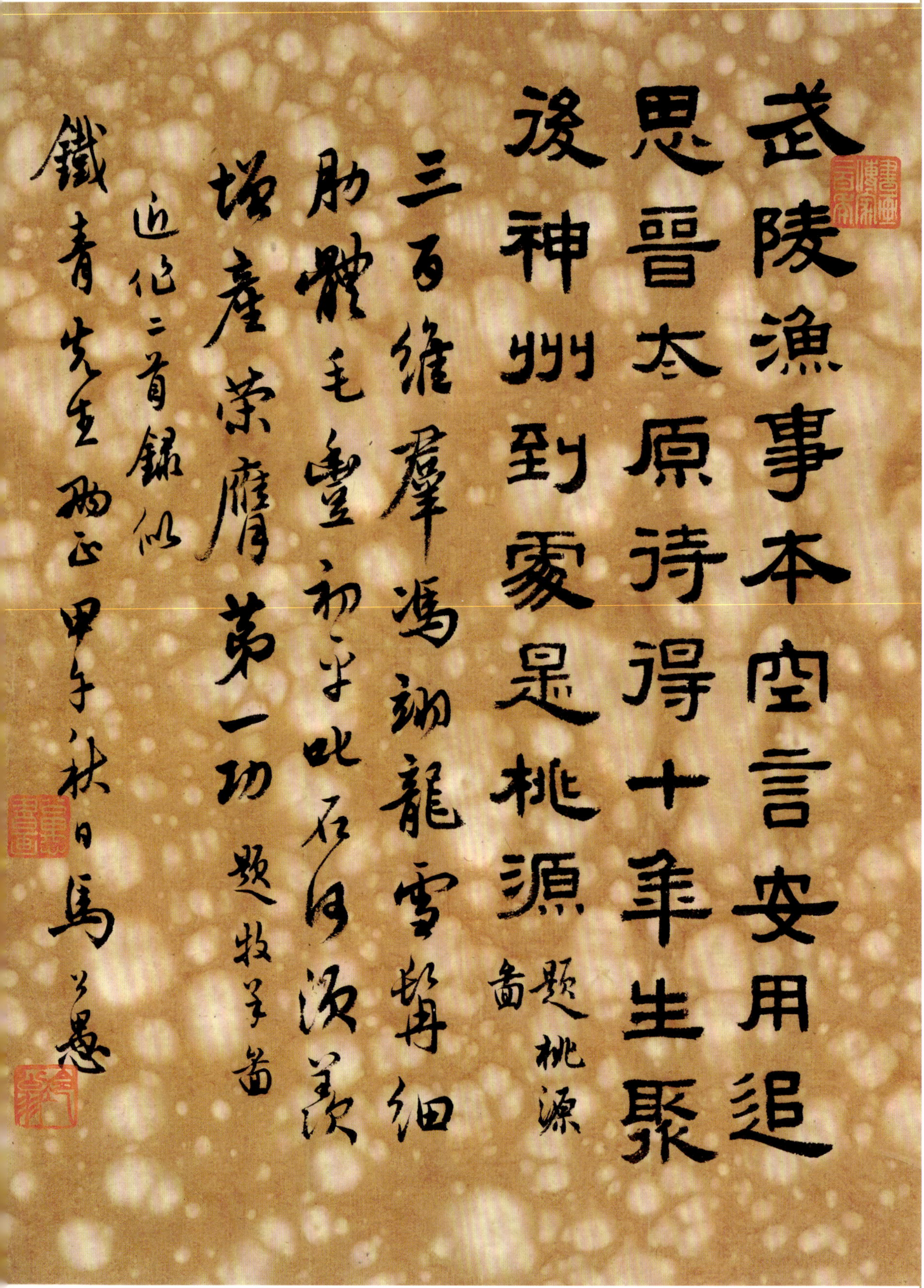

武陵漁事本空言，安用追思晉太原。詩得十年生聚後，神州到處是桃源。題桃源圖

三百維羣馮翊龍，雪髯細肋體毛豐。初平叱石何須羨，增產榮膺第一功。題牧羊圖

近作二首錄似

鐵青先生兩正　甲午秋日馬公愚

馬公愚致鐵青詩札

武陵漁事本空言，安用追思晋太原。
待得十年生聚後，神州到處是桃源。題《桃源圖》。

三百維羣馮翊龍，雪髯細肋體毛豐。
初平叱石何須羡，增産榮膺第一功。題《牧羊圖》。

近作二首，録似
鐵青先生兩正。甲午秋日，馬公愚。
鈐印：書畫傳家二百年、公愚書畫、冷翁

馬公愚（一八九〇—一九六九），本名範，字公禺，後改字公愚，以字行，晚號冷翁，齋名畊石簃，又署畊石簃主。浙江永嘉人。曾任上海中國畫院畫師。著有《書法講話》《書法史》《公愚印譜》《畊石簃雜著》《畊石簃墨痕》等。一九六三年加入西冷印社。

上款人鐵青生平不詳。

心老侍右，
大教奉悉，俟与渡翁会谭后再复。我
书慎翁扇面诗，希
速录寄。（不拘何种字体，以未逮者）中周润资书扇，慎翁重题一幅
寄府，拟已封内，须附一条（照下述大意托明）以便
收润。
　帮制改笔后，某新润例远未定，然以前须参考
　同社诸人定例也。慎翁上次扇面，暂定全面五元。（拙山作此润资照前五年者）
　谨新润例印就，以新例为标准。
海上物价，米价等高涨，受制者数种，不能承受者，亦不得不议。
大涨物涨，同好实人不得已，
　　叙后再致
　为慎翁以五元全面者一张，希山处。速照　指定方法寄来。
日安　性山手四日

阮性山致童大年書札

心老侍右：

大教奉悉。俟與滄翁會譚後再復。求

書愼齋扇，務希

速藻寄申，不拘何種字體，只求速書。潤資當屬愼齋擬代收五元。逕匯

尊府。惟寄申扇面包封内須附一條，照下述大意說明。以便收潤。

（幣制改革後，某新潤例迄未定就，以尚須參攷同社諸君先例也。愼齋上款扇面，暫定金圓五元。俟新潤例印就，以新例爲標準。）山往收潤資，須約此條帶去。

海上物價，僅米價等易受管制者數種不漲之外，其餘無不偷偷摸摸大漲特漲，奸商害人不淺也。匆復。敬頌

日安。　性山頓首。四日。

如愼齋以五元金圓券一張交山處，遵照指定方法寄奉。

阮性山（一八九一—一九七四），名繼曾，號木石，又號木石湖，晚號木石翁。浙江杭州人。富收藏，精鑒賞。一九五八年任恢復西泠印社籌備委員會委員。西泠印社早期社員，曾任理事。

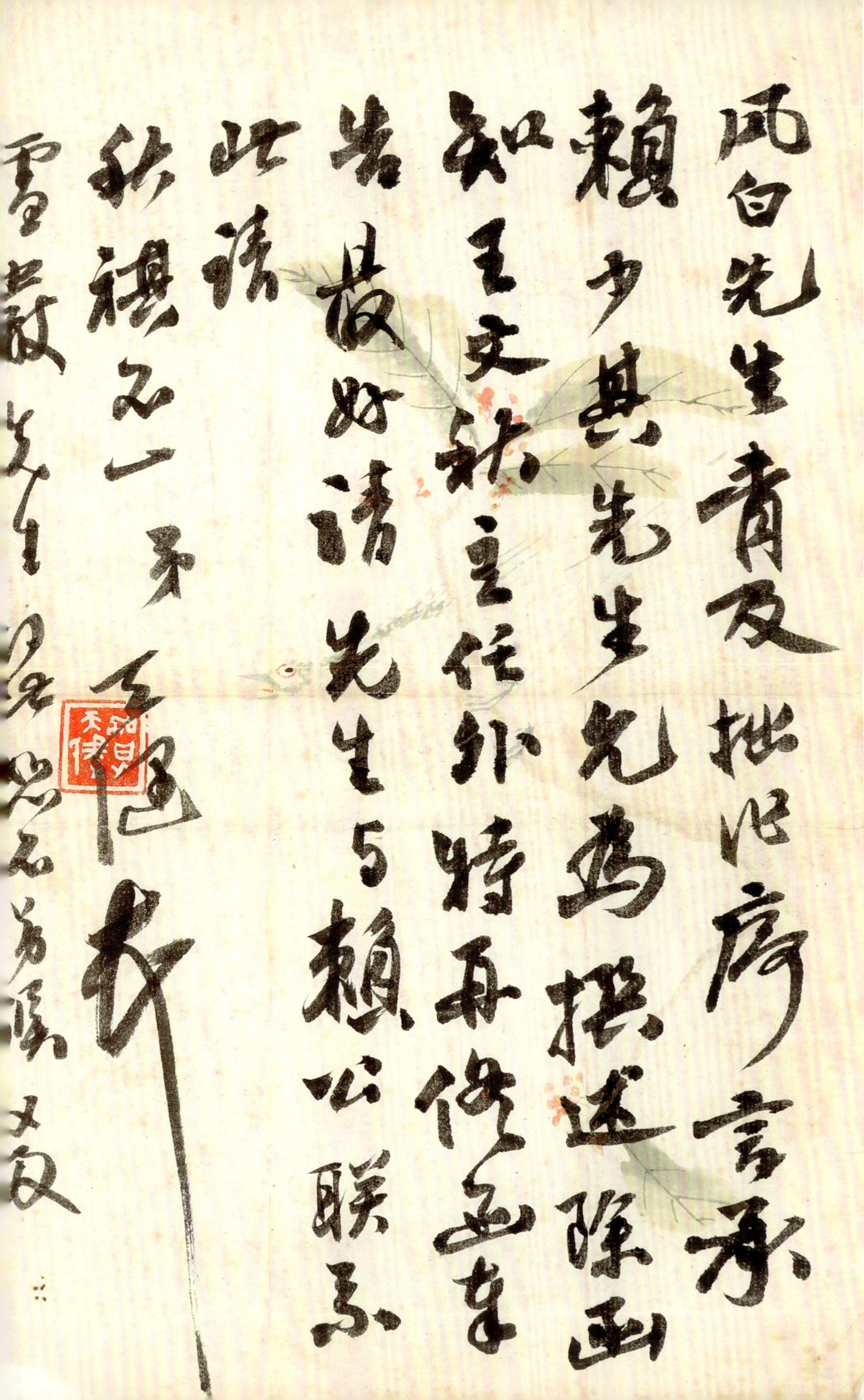

風白先生：青及拙作序言，承賴少其先生允為撰述，除函知王文欽主任外，特再作函奉告，最好請先生與賴公聯系。此請

秋祺

名心　天健

[illegible]

賀天健致蔣風白書札

風白先生青及：拙作序言承賴少其先生允爲撰述，除函知王文秋主任外，特再修函奉告，最好請先生與賴公聯繫。此請

秋祺。不一。弟天健頓首。

雪嚴先生均此，恕不另候。又及。

鈐印：賀天健

賀天健（一八九一—一九七七），江蘇無錫人。曾任上海中國畫院院長，中國美協理事、上海分會副主席。出版《賀天健畫集》多種，著有《學畫山水過程自述》等。一九六三年加入西泠印社。

上款人蔣風白（一九一五—二〇〇四），原名鴻逵。江蘇武進人。曾任上海人民美術出版社編輯、中國美術學院客座教授，中國美協會員。

臣廣言昨表不宣奉賜手詔承聖體勝常
以慰下情不審宿昔復何如承鄭夫乃尒委頓
今復增損伏惟哀亡懸存益勞聖心謹附承
動靜臣廣言甘雪應時嚴寒奉被手詔伏
承聖體御膳勝常以慰下情臣故患匈滿氣上
頓乏匆匆慈恩垂愍每見慰問不勝銜遇謹表
陳聞臣廣頓首頓首死罪死罪

葛昌楹小品

臣廙言：昨表不宣，奉賜手詔。承聖體勝常，以慰下情，不審宿昔復何如？承鄭夫（人）乃爾委頓，今復增損。伏惟哀亡愍存，益勞聖心，謹附承動靜。臣廙言：甘雪應時，嚴寒。奉被手詔，伏承聖體御膳勝常，以慰下情。臣故患匈滿氣上，頓乏匆匆。慈恩垂愍，每見慰問，不勝銜遇。謹表陳聞。臣廙頓首頓首，死罪死罪！

鈐印：葛、楹

葛昌楹（一八九二—一九六三），字書徵，號晏廬、望莽，室名傳樸堂、舞鶴軒、玩鶴聽鸝之樓等。浙江平湖人。曾任郵傳部主事、分電政司行走，後入職中意合資之華義銀行，先後任協理、華經理等。輯有《晏廬印存》《傳樸堂藏印菁華》《吴趙印存》《鄧印存真》《印人書畫集》《近代名人墨妙》等，與胡淦合輯《明清名人刻印彙存》，與丁輔之、高絡園、俞人萃四家藏印輯爲《丁丑劫餘印存》。一九一七年，吴昌碩爲其刻「西泠印社中人」一印。一九六二年將所藏明清名人刻印四十三方捐獻西泠印社，一九八九年葛夫人馮夢蘇又將葛昌楹自用印十方捐贈西泠印社。西泠印社早期社員。

風白老兄：

別來多日，爲念。委畫加洛先生款立幅，今草草就，由郵局寄上，至請指正爲幸。近日太平山楓葉如何？念念。見示爲禱。即頌冬安。

弟屺瞻再拜

蔣嫂候安

十一月七日

朱屺瞻致蔣風白書札

風白老兄：

別來多日爲念。委畫加洛先生欵立幅，今艸艸畫就，由郵局寄上，至請　指正爲幸。近日天平山楓葉如何？在念，乞見　示爲禱。即頌

冬安。　弟屺瞻頓首。十二月七日。

尊嫂佞安。

朱屺瞻（一八九二—一九九六），江蘇太倉人。曾任上海美術專科學校教授、上海新華藝術專科學校繪畫研究所主任、中國美協顧問、中國書協理事、上海美協常務理事、上海市文史研究館館員、上海中國畫院畫師、上海師範大學藝術系教授等職。著有《癖斯居畫談》等。一九七九年加入西泠印社，曾任顧問。

同志：

評注本水滸樣本已收到，讀過，以前之意見，所以未寫，請原諒。似比以前見到過注釋樣本，今再加評，付讀古典文學者定能更有幫助。如果此書能起一些作用，不妨把它推廣，連戲曲詩詞也可這樣做。此復

敬禮

紹虞謹啟 一月二十四日

紹虞用箋

郭紹虞致編輯同志書札

同志：

評注本《水滸》樣本已收到讀過，以別無意見，所以未覆，請原諒。似記以前見到過注釋樣本，今再加評，付讀古典文學者定能更有幫助。如果此書能起一些作用，不妨把它推廣，連戲曲詩詞也可這樣做。此致

敬禮！紹虞謹啓。一月二十四日。

郭紹虞（一八九三——一九八四），名希汾，字紹虞，齋名照隅室。江蘇蘇州人。曾任福建協和大學（今福建師範大學）、開封中州大學、北平燕京大學、上海大夏大學、之江大學、光華大學、同濟大學、復旦大學教授，上海市文聯副主席，中國作家協會上海分會副主席兼書記處書記、上海文學所所長和《辭海》副主編、中國科學院學部委員。著有《中國文學批評史》《滄浪詩話校釋》《宋詩話考》《宋詩話輯佚》。出版有《照隅室古典文學論集》《照隅室語言文字論集》《照隅室雜著》等。一九七九年加入西泠印社，曾任顧問。

巨兄大鑒：久未面達為念。弟大約月杪回申，日來
為《梅花譜》事刻有緊要二事，先之一辦為感。
第一件，一催馮君木先生跋，並將《暗香》《疏影》合調先為一草，
請吾兄一揮（因此帖甚前急，待裝也）。弟曾去函索，似乎再催實氣到
也，難及黃心兄為弟一跑拍照。第二件，先兄畫一即
付鉛版一做，該價若干，因屢節趙能于十天製成好最妙，
亦要用于譜首，並此題簽，請代達弟之渴期，視得之為望。
此頌
侍安
弟 湖帆

吳湖帆致陳巨來

上係鄭逸梅先生手迹，均係巨老贈

吴湖帆致陳巨來書札

巨兄大鑒：久未函達爲念。弟大約月杪回申。日來爲裱《梅花譜》事，刻有緊要二事，乞 兄一辦爲感。第一件，一催馮君木先生，能否將暗香疎影合調先爲一草，請左老一揮。因此幅甚前急待裝也。弟曾去函索，似乎再催，客氣到，也難及費心 兄爲弟一跑，拜托！第二件，乞 兄畫一印付鉛版一做，該價若干回滬即趙。能于十天製好最妙，亦要用于譜首者。如晤超然，請代達弟之歸期，托購之藥諼否？此頌 侍安。弟湖頓首。

吴湖帆（一八九四—一九六八），初名翼燕，字遹駿，後更名萬，字東莊，又名倩，別署醜簃，號倩庵，書畫署名湖帆。江蘇蘇州人。曾任上海中國畫院籌備委員、畫師，中國美協上海分會副主席、上海市文史研究館館員、上海市文物保管委員會委員等。出版有《梅景書屋畫集》《梅景畫集》《吴氏書畫集》《吴湖帆畫輯》《吴湖帆畫集》等。一九六三年加入西泠印社。

上款人陳巨來生平見一〇九頁。

次溪兄：兩函均收，所以遲遲未復者，一因近來極忙（開會），二因兄無專職至圖書館及書庫閱讀困難，欲為兄乃一特約撰稿員的証明，曾向所領導再三言及，均未得切實答復，以至延閣至今。不知兄除領稿費外，與所有無連系，史學、繪明天開幕式，本月三日起連續開會，約一星期與所中人不能接觸。不知兄有可託辦否？

字畫四件收到，以程畫為佳，其現在寄橋銅器字畫也就停頓，不必再買。餘款十餘元，請兄亦預作為新年利市。聞京中食品缺乏，祖母也有水腫。兄家人如何？广东秋收极好，配給果有好，精智識分

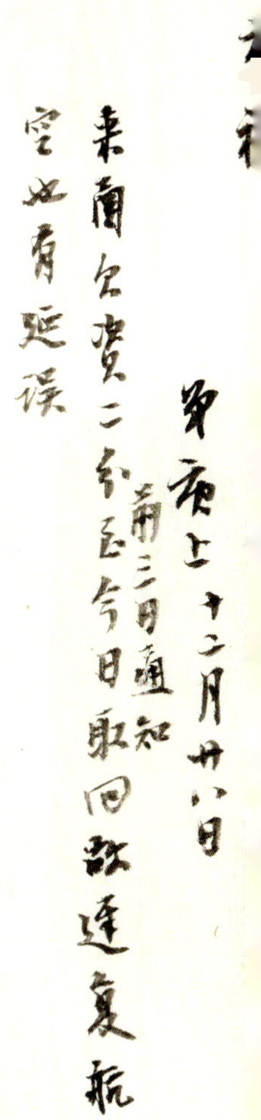
弟庚上 十二月廿八日
前三日通知來函欠資二分至今日取回故遲復航
空也有延誤

容庚致張次溪書札

次溪兄：兩函均收，所以遲遲未復者，一因近來開會極忙，二因兄無專職，至圖書館及書店閲購困難，欲爲兄得一特約撰稿員的證明，曾向所領導再三言及，均未得切實答復，以至延閣至今。不知兄除領稿費外，與所有無連繫？史學會明天開幕式。下月三日起，連續開會約一星期，與所中人不續斷接觸，不知兄有事託辦否？字畫四件收到，以程畫爲佳。弟現在專搞銅器，字畫也就停頓，不必再買。餘欵十餘元贈兄小孩，作爲新年利市。聞京中食品缺乏，祖弟也有水腫，兄家人如何？廣東秋收較好，配給畧有好轉，智識分子也有照顧，不復如去年困難了。復頌新禧！弟庚上。十二月廿八日。

前三日通知來函欠資二分，至今日取回，故遲復。航空也有延誤。

容庚（一八九四—一九八三），原名肇庚，字希白，號頌齋。廣東東莞人。曾任燕京大學教授、《燕京學報》主編兼北平古物陳列所鑒定委員、嶺南大學中文系教授兼系主任、《嶺南學報》主編、中山大學中文系教授等。著有《金文編》《金文續編》《商周彝器通考》《寶蘊樓彝器圖録》《秦漢金文録》《頌齋吉金圖録》《武英殿彝器圖録》《海外吉金圖録》《善齋彝器圖録》《秦公鐘簋之年代》《蘭亭集刊十種》《伏廬書畫録》《漢梁武祠畫像録》《叢帖目》《中國文字學》《卜辭研究》《殷契卜辭》《頌齋述林》等。出版有《容庚法書集》。加入西泠印社時間待攷。

上款人張次溪（一九〇九—一九六八），名涵鋭、仲鋭，字次溪，號江裁，别署肇演、燕歸來簃主人、張大都、張四都。廣東東莞人。著名史學家、方志學家。曾任《丙寅雜志》編輯、北京《民國日報》副刊編輯。中華人民共和國成立後，任職于北京師範大學歷史系。有《李大釗傳》《人民首都的天橋》《北京嶺南文物志》《白石老人自述》《清代燕都梨園史料》《清代燕都梨園史料續編》《北平史迹叢書》《燕都風土叢書》《中國史迹風土叢書》等著作行世。

285

閻岩青春：日來雜務繁忙，屬畫幀趕年來心情無新題材，未知合式否。若不合式，請由航郵寄下，另行換好，再退還。

此致

禮

寶古齋經理負責同志

潘天壽

四月廿三日

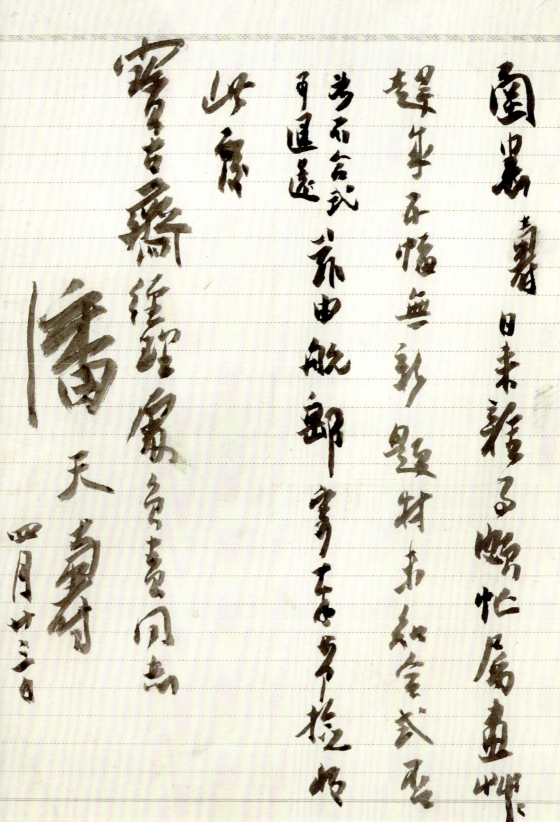

潘天壽致寶古齋書札

函悉。壽日來雜事頗忙，屬畫艸艸趕成五幅，無新題材，未知合式否？如不合式可退還。茲由航郵寄奉，希檢收。此覆

寶古齋經理處負責同志。

潘天壽。四月廿三日。

潘天壽（一八九七—一九七一），字大頤，自署阿壽、壽者。浙江寧海人。曾任中國美協副主席、浙江美術學院院長等。著有《中國繪畫史》《聽天閣畫談隨筆》《聽天閣詩存》等。一九五八年曾任恢復西泠印社籌備委員會副主任。一九六三年加入西泠印社，曾任副社長。

洪澤同志：久别甚念。閲訊我直往揚州一行，
宗卿可以已要調動職，同縣由我先函唐
葉縣長向達情况，務希協助爲要。
此致
敬禮
王个簃
元月十九日早

王个簃致洪澤書札

洪澤同志：久别甚念。關於我再外甥茅宏坤不得已要調動，兹問題由我兒及唐藴輝面述情况，務希協助爲荷。此致

起居安好，合第康寧。

王个簃頓首。

元月十九日晨。

王个簃（一八九七—一九八八），原名能賢，後改名賢，字啓之，號个簃，以號行。齋名有霜茶閣、暂閑樓、千歲芝堂等。江蘇海門人。曾任上海中國畫院副院長、名譽院長，中國美協理事，中國美協和書協上海分會副主席，上海市文史館研究館員，第三、四、五届全國政協委員。出版有《王个簃畫集》《王个簃書法集》《吴昌碩·王个簃》《个簃印集》《个簃印旨》《王个簃隨想録》《霜茶閣詩鈔》《个簃題畫詩》等。西泠印社早期社員，曾任副社長。

上款人洪澤（一九一八—一九九八），原名洪紹裘，曾用名洪紹唐、洪澈。浙江寧波人。曾任中共上海市委宣傳部副部長、上海社會科學院黨委書記、上海市地方志編纂委員會副主任等。

存趙次閑畢尺堂家來
手帶下研臺已交景元
印譜欵樣擲下尤感也
容宗兄臺
石園頓首
八月四日午

張石園致張容臣書札

存趙次閑界尺，望前來手帶下。研臺已交景元，印譜欵能擲下尤感也。容宗臺，石園頓首。八月四日午。

張石園（一八九八—一九五九），又名入玄，字克龢，一字藹如，又號麻石翁。江蘇常州人。曾任上海中國畫院畫師、上海市文史研究館館員。曾輯自刻印成《石園印存》二册。出版有《張石園山水畫稿》《張石園山水畫輯》《張石園畫册》。西泠印社早期社員。

宗禹賢弟：蓮來信敬悉，你們已安抵北碚。我於七月十三到此，晤翰老友戴鵬，並謝其忙。今日逕答。忽見武子章留名片，他住在以後行，我明晨當去訪他。我來到六二天，新民報上已登，以致逐來子愷先生的文章，到次文藝消息。因此訪客甚多。此間依野千里，烽火萬家，大類上海南京，殊不知有戰事。我的七月底返滬，已在杭寓移寓，我勝此八月二日到滬，但須把握耳。忙中無暇甚多。詩婢家無天，我要寫身買回家，自從會安定，到家再寫送你。祝你們新居安適。

七月十七夜

小兄子愷啓

詩婢家，擬詩百家，乃漢儒鄭康成古典。（鄭家有婢皆能詩，所謂詩婢家主人……）

豐子愷致夏宗禹書札

宗禹賢弟：讀來信，欣悉你們已安抵北碚。我於七月十二到成都，老友新朋，應酬甚忙。今日返店，忽見武子章留名片。他住四川旅行社，我明晨定去訪他。我未到上二天，《新民報》上已登『歡迎丰子愷先生』的文章，到後又發消息，因此訪客甚多。此間沃野千里，燈火萬家，大類上海、南京，幾不知有戰事。我約七月底返渝，正在辦飛機票，如成功，八月二日飛渝，但無把握耳。忙中匆匆具覆。詩婢家冊頁，我原欲多買回家，白紙扇亦要買。到家再寄送或面送你。祝你們新居安適。七月十四夜，小兄子愷啓。

詩婢家，非詩百家，乃漢儒鄭康成古典。（鄭家有婢皆能詩，成都詩婢家主人姓鄭，故取此名也。）

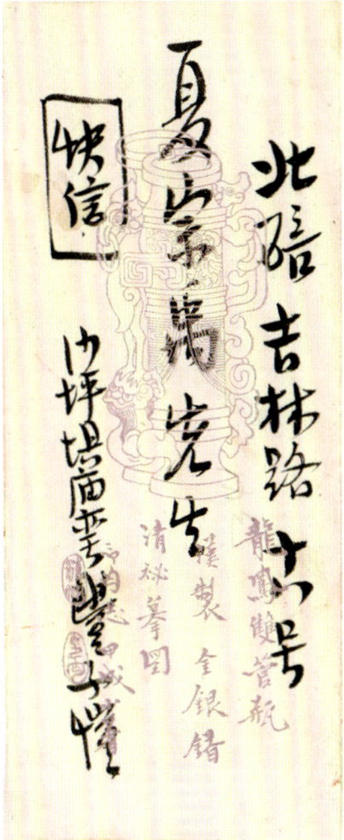

豐子愷（一八九八—一九七五），原名潤，又名仁、仍，號子覬，後改爲子愷，堂號緣緣堂，法號嬰行。浙江桐鄉人。中國現代漫畫先驅。曾任全國政協委員、中國美協上海分會主席、上海文聯副主席、上海中國畫院院長等職。著有《緣緣堂隨筆》《緣緣堂再筆》《畫中有詩》《護生畫集》等。一九六三年加入西泠印社。

上款人夏宗禹（一九二一—一九九五），名景凡。河南禹州人。中國作家協會會員。曾任《人民日報》文藝副刊編輯、記者，《新疆日報》政文部主任，《新疆畫報》主編。編輯選集《弘一大師遺墨》《豐子愷遺作》《馬一浮遺墨》等。出版有《隨緣集》。

左翁惟之 前大雪与 君婦歸
两天别後又絕日紛亂 無事如賓客来
都是討孝墨債 應酬氣多是為了一个
壽堂頭 此人在書畫院成了大会中表現 先生
也是知之 近日中家杭与弟 說与不識来函索
書額簽 夜夜信亦已動了 建 名卷之老
一九光一樣新我先生也皆望来函 偏之迷
字記 却要毛邊自存来講庫 旨在出了頭
無他在論相中 空頭不識相 此弟所以未納悶
藩諸老兄心直口快 三次来函 空頭之病 恐不禁嘆半而已
恐有些他 湖州要防被捲入漩渦…… 阁下对此空頭亦有所知布
見示 8 硯底蓋恒然 已在補修之中 新以告我 先多說上海書畫界只有兩家乾淨人 一个以進……

譚建丞致陳左夫書札

左翁您好：冒大雪與君暢叙了兩天，別後又終日紛亂，無事忙。賓客來都是討筆墨債。慝閑氣多是爲了一個蘇空頭。此人在書畫院成立大會中表現，諒兄台已早知之。近日申蘇杭與弟識與不識來函告狀者絡繹，覆覆信亦已夠了，連名誊二老一沈邁老，一費新我先生。也背裏來關照。偏偏這空頭却要毛遂自薦來講座，旨在出風頭，雖在謝拒中，空頭不識相，此弟所以在納悶。潘韵老兄心直口快，三次來函。空頭之病恐不祗吹牛而已，恐有其他，所以告狀者多説上海書畫界只有兩個乾净人——邁老、个簃。湖州要防被捲入漩渦……閣下對此空頭如有所聞，希見示。小弟建頓首。廿三晨。

硯底盖蛀處已在補修中，感荷千萬。飛英磚拓上兩紙，匆極匆極！敬祝年祺！

譚建丞（一八九八—一九九五），原名鈞，號澂園。浙江湖州人。曾任浙江省美協顧問，浙江省書協榮譽理事，浙江省篆刻研究會顧問，浙江省文史研究館館員，湖州市美協名譽主席，湖州書畫院院長。著有《怎樣畫葡萄》《澂園寫石》《建丞畫選》《建丞印存》《澂園詩草》《春暉小識》等。一九八二年加入西泠印社，曾任顧問。

上款人陳左夫（一九一二—一九九八），名浩然。因左手操刀，故字左夫，後以字行。江蘇啓東人。曾任浙江省書協顧問、中國書協會員、浙江省文史研究館館員。西泠印社社員。有《左夫刻印選集》行世。

乾良學弟：

手書奉悉。所云投拜一事，以蓮翁年老，對其並不拘泥，有此大一段歷史故。我亦直接與之上款稱便可。以後尊夫人常來舍，大家相熟起來，更好學習。我都好了，根據學習已暫告段落。近患流火，不出門（除去醫院及每星期一的上午），只要你空了，請來晤。另印未動手，因流火有熱度，眼矇糊不肯恢復，此後即好。

儷安

維釗手 十月廿五

陸維釗致林乾良書札

乾良學弟：

手書奉悉。所云投拜一事，以運動中批判甚嚴，不必拘泥。有浙大一段歷史，故我亦直接如上所稱便可。以後 尊夫人亦可來舍，大家相熟起來，互相學習，就很好了。我校學習已暫告段落，近患流火，不出門，除去醫院及每星期一、四上午。只要你空，可謀良晤。 尊印未動手，因流火有熱度，眼模胡不肯恢復。此覆。

即頌

儷安。 維釗頓首。十一月七日。

陸維釗（一八九九—一九八〇），原名子平，字微昭，晚年自署劭翁。浙江嘉興人。曾在聖約翰大學、浙江大學、杭州大學、浙江美術學院任教。曾任第三、四屆浙江省政協委員，中國美協浙江分會理事。著有《中國書法》《全清詞鈔》。出版有《陸維釗書法選》《陸維釗書畫集》《陸維釗詩詞選》等。是我國現代高等書法教育先驅者之一。一九六三年加入西泠印社。

風白同學如晤：手示盡悉，囑弟轉劉
廿餘年來，思之有如隔世之感。承
故人之情，悠久無渝，而苦禪遠洞
感之愧我耳。自北京解放以
年以來，弟在美術院靈因之極慘，
即該年反派，附會反派之害者
之流，劉在北平，經之打擊，壁劃畫稿，
因畫不能以事，張示弘無書無同了
王青芳先生亦為其被打擊死者。
可慨已矣。不再提敘，
自我去年反派被打擊後，承方
蒙你同道但生誤解，不能執筆事成。
果觀點無可挽回矣。茲又定之我挽你也
協社指導所歸，其餘由萬社示
念來悉式感，直是自覺難許也。
在北京苦年杭同學雖不少，但多忙於
工作，學不能無常相晤，可念已早回國
劉心純程長情費匯款之之。在北京解放
後無晤及。陳祖良同學的畫人嘗
時在北京來見，聞其已同學習年

劉姐北亦在杭州，曾寄來戰友雙寫大
躍進此等大建設新之勝之物
念來弟亦作畫給大眾欣賞，大眾歡
迎，又因為我在北京生病，病亦為
之治癒。書我身生年能書心
與壓之為我熟悉作畫萬葉靜
米盧弟今精神但可時復執筆
為學習等一切已也。餘再及
兩之知
健康
祖良同學來家詳談閑
恩兄 苦禪謹復
十四日

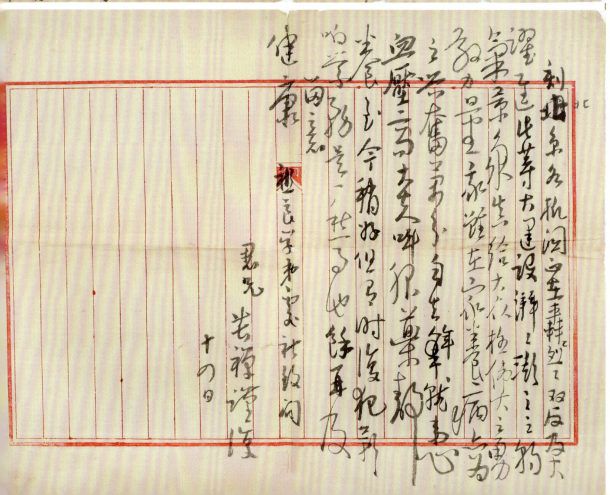

李苦禪致蔣風白書札

風白同學如晤：手示盡悉。離別廿餘年，思之有如隔世之感！故人心情悠久無渝，當蒙遠問，感之愴然耳！自北京解放八年以來，我在美術院處處極慘，即江丰『右派』份子以及附合『右派』之虛無主意者輩種種打擊壓制，當然國畫不敢作，而能不死亦幸矣！同事王青芳先生亦經常被打擊，死去。事成過去，不再提叙。自去年『右派』被打垮後，我方開始作國畫，但生疏幾不能執筆，而成果醜惡亦可想而知。茲又寄去拙作七幅，祈指導所歸。是爲至盼，萬祈不客氣，益感直是自覺顔汗也。在京昔年杭州同學雖不少，但各忙於工作業務，亦不常相晤。可染已早回國，刻正忙於反浪費運動……在北京解放後，曾晤及張祖良同學的愛人，以當時倥偬，未便問及祖良同學耳。

刻北京各機關正在轟轟烈烈『雙反』及『大躍進』，此等大建設湃湃澎澎之朝氣景象，真給大衆極偉大之勇敢力量。我雖在家養病，亦爲之興奮萬分。自去年就患血壓高，大夫叫服藥静養，至今稍好，但有時復犯，影響業務，是一愁事也。餘再及。

留意

健康。祖良學弟處祈致問。

愚兄苦禪謹復。

十四日。

李苦禪（一八九九—一九八三），原名英杰，後改名苦禪，字超三、勵公。山東高唐人。曾任杭州藝術專科學校教授，中央美術學院教授，中國美協理事，中國畫研究院院務委員。有《李苦禪全集》等行世。一九七九年加入西泠印社。

乾良同志：

前屬作書壽字，一開頭，便碰到某老先生要我刻六方印，帶雁蕩山遊，[illegible]由，而一印壽字則云過了，[illegible]當[illegible]，

印拒絕之，所以當時很為難，

解決了大問題不得了，以後柯老竟寫好送來，但漢畫墨筆印不象字，故送去[illegible]處[illegible]一份，書成又送來了。我是乎(?)[illegible]手行，即到去年底，已攜到[illegible]

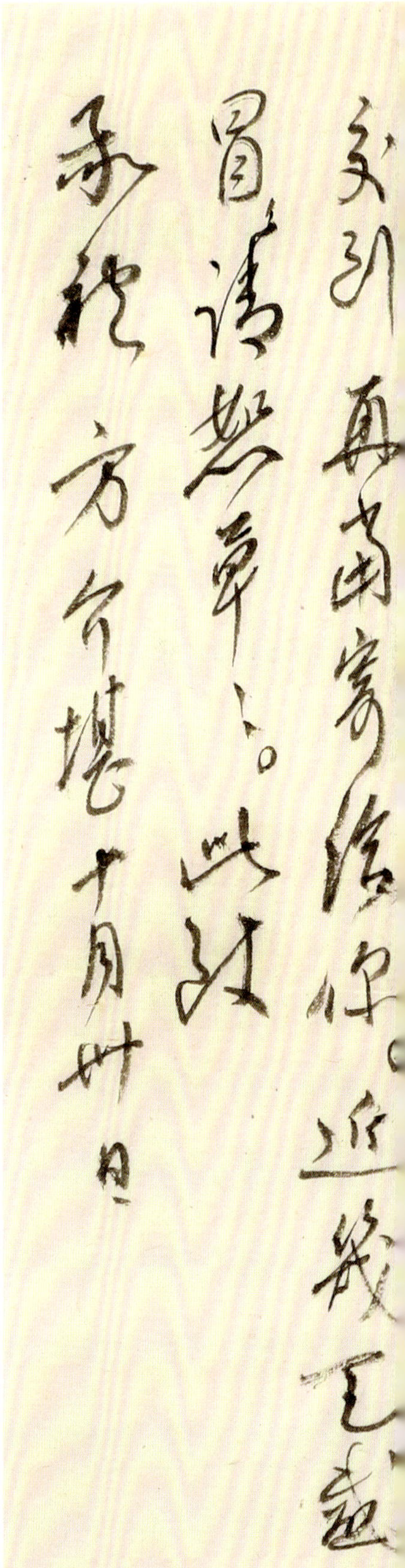
交到，再當寄給你。近幾天感冒，請恕草草。此致
敬禮 方介堪 十月卅日

方介堪致林乾良書札

乾良同志：

前屬徵書壽字，一開頭便碰到某老先生要我刻三方印，帶鴈蕩山避暑用，而一个壽字，則云過了暑寫給我，架子大得了不得。即拒絶之，所以當時認爲很爲難。以後柯老竟寫好送來，但淡墨汁暈得不象字，故送古榆麋舊墨一笏，書成又送來了。我是不良于行，得到青年奔走，已搞到五个壽字，還有三處尚未送來，如交到，再當寄給你。近幾天感冒，請恕草草。此致

敬禮！ 方介堪。十月卅日。

方介堪（一九〇一—一九八七），原名文渠，字溥如，後改名岩，字介堪，以字行。浙江永嘉人。曾任上海美術專科學校、新華藝術專科學校、中國藝術專科學校教授，中國書協名譽理事，温州市文聯副主席，浙江省政協委員，温州市書協和美協名譽主席。著有《兩漢官印》《古印辨僞》《秦漢封泥拾遺》《介堪論印》《方介堪篆刻》《介堪手刻晶玉印》《介堪印存》《璽印文字別异》《古玉印彙》《璽印文綜》等。西泠印社早期社員，曾任副社長。

風白先生鑒：剋向白瑞寶齋紙店索來宣紙價單一張，棄不要硾箋及淨皮特用紙等劃出，希詳閱並祈寄來，務望照收，顧不遠。即頌
春祺
諸樂三頓首
月廿六日鐙下

諸樂三致蔣風白書札

風白先生鑒：刻向匀碧齋紙店索來宣紙價單一張，煮硾箋及净皮特用紅筆劃出，希察閲。貴社寄來稿費已照收。餘不縷。即致

敬禮！諸樂三率啓。

八月卅一日鐙下。

諸樂三（一九〇二—一九八四），原名文萱，字樂三，號希齋，别署南嶼山人，浙江安吉人。曾任浙江美術學院教授、研究生導師，浙江省政協常委，中國書協名譽理事，中國美協浙江分會副主席。一九五八年曾任恢復西泠印社籌備委員會委員。出版有《希齋印存》《諸樂三畫集》《諸樂三書畫篆刻集》《希齋題畫詩選》《希齋詩抄》等。西泠印社早期社員，曾任副社長。

耕源同志：來信收到。簽條即付郵，灑金箋上能影印麽？匆致

敬禮

朱復戡

三日啓

朱復戡致張耕源書札

耕源同志：來信收到。簽條即日付郵，灑金箋上能影印麽？匆致敬禮！　朱復戡，三月九日。

朱復戡（一九〇〇—一九八九），原名義方，字百行，號静龕，四十歲後更名起，號復戡，以號行。浙江鄞縣人。曾任上海美術專科學校教授、中國畫會常委。中華人民共和國成立後，曾任山東省政協委員、上海交通大學教授、中國書協名譽理事等職。出版有《静龕印集》《復戡印存》《朱復戡大篆》《朱復戡金石書畫選》《大篆字帖》《朱復戡修改補充草訣歌》《商周藝文精華集》等。一九七九年加入西泠印社，曾任理事。

上款人張耕源（一九三八—　），又名根源，號散翁。祖籍江蘇張家港。現係西泠印社理事、西泠印社肖像印研究室主任、中國書協會員、中國肖像印研究會會長、民進中央開明畫院顧問、浙江省文史研究館館員、中國工程院特聘藝術家、浙江開明畫院副院長等。出版有《梓人印集》《耕源印存》《篆刻起步》《世界名人肖像印》《張耕源作品集》《中國美術家——張耕源》《中國篆刻百家——張耕源》《張耕源印譜——隨園印語、名人肖像印》等。

乾良先生台鑒：囑書橫幅遵命。唯
作書被節內前歸紙置綠處，甚屬特
將原書寄上，乞為寫世白作書一區，緣得百字
為寫之之讀希
見餘書即始之
不多　弟劉伯年　九月十九日
原作書謝上乞答

劉伯年致林乾良書札

乾良先生台鑒：囑書，拙筆勉爲應命。唯信封被弟將尊號倒置，殊屬荒唐。特將原封寄上，乞另寄空白信封一只，偶便再寄。可笑可笑！統希亮詧。專肅，即頌大安。弟劉伯年頓首。九月十九日。

原信封坿上，乞詧入。

劉伯年（一九〇二—一九九〇），名思若，署伯岩、伯年父，齋名今是樓。重慶人。著有《今是樓藝概》。一九八〇年加入西泠印社。

貴州鹽務管理局用箋

孟仁先生大鑒：奉
手書并附件，敢不應
命。多多寫寄希
正，而另行。即頌
時祺

弟承祚啟 十六、五

商承祚致方孟仁書札

孟仁先生大鑒：奉手書并屬件，敢不應命？匆匆寫寄，希正爲荷。即頌時祺。弟祚啓。十、五。

商承祚（一九〇二—一九九一），字錫永，號駑剛、蠖公、契齋，室名已廎、古先齋。廣東番禺人。曾任齊魯大學、重慶大學、重慶女子師範學院、中山大學等校教授。中華人民共和國成立後，曾任第三、四届全國人大代表，第五届全國政協委員，廣東省民盟委員會副主任委員，廣東省、廣州市文管會副主任委員，廣東省語文學會會長，中國書協廣東分會主席。著有《殷虚文字類編》《契齋論述集》《長沙古物聞見記》《殷契佚存》《石刻篆文編》《戰國楚竹簡彙編》等。一九八〇年加入西泠印社，曾任顧問。

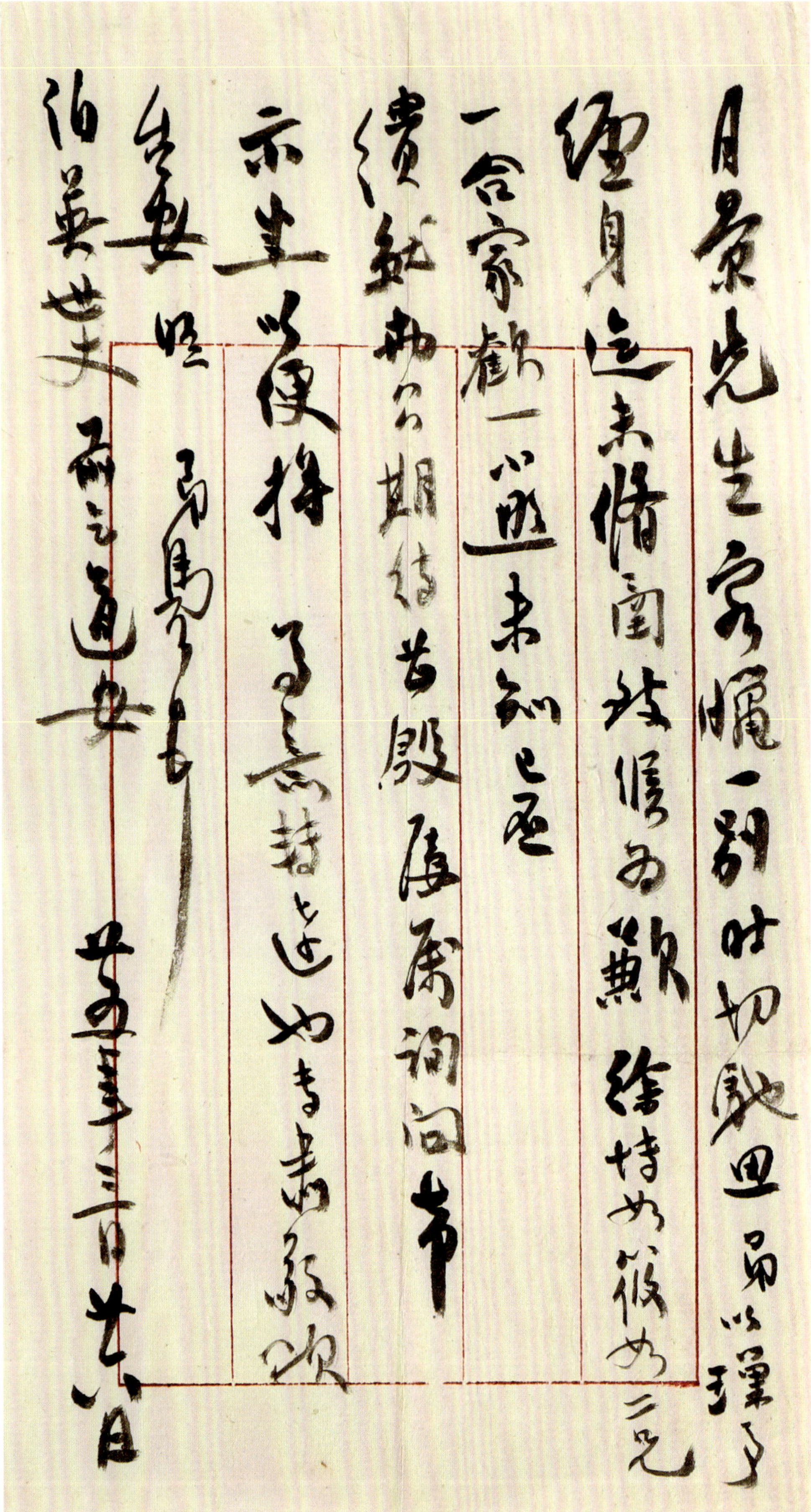
月景先生家屬一別時切馳思 弟以瑣了
經月迄未修函致候爲歉 緒侍如筱如二兄
一合家歡一以盼迴來知已否
償鉅欽公期待若殷屢屢詢問希
示生以便擇 可盡意請速如書寄來
台安 照 弟楚生
伯英世兄 函之 道安
廿五年三月廿六日

來楚生致鮑月景書札

月景先生：客臘一别，時切馳思。弟以瑣事纏身，迄未脩函致候爲歉。徐博如、筱如二兄，一合家歡、一小照，未知已否繢就？兩公期待甚殷，屢屬詢問，希示悉，以便將　尊意轉達也。專肅，敬頌台安。晤伯英世丈前乞道安。弟鼂頓首。廿五年三月廿六日。

來楚生（一九〇三—一九七五），原名稷勛，號然犀，别號有負翁、一枝、木人、非葉、楚鼂、懷旦等，晚易字初生，亦作初升。齋名有然犀室、安處樓等。浙江蕭山人。曾任上海中國畫院畫師，中國美協會員、上海分會理事，上海書法篆刻研究會常務理事。出版有《來楚生畫集》《來楚生法書集》《然犀室印學心印》《然犀室肖形印存》《來楚生篆書千字文》《來楚生草書千字文》等。西泠印社早期社員。

上款人鮑月景（一八九〇—一九八〇），又名張瑩，號冰壺外史。浙江桐鄉人。善仕女人物畫，曾任浙江省文史研究館館員、浙江省美協理事。

德忠同志：所要略大些，勉應請正，又附致劉江同志函，煩轉，即請

書安

新我手上　五．二

費新我致鄒德忠書札

德忠同志：所委要大些，勉應，請　正。又附致劉藝同志函，煩轉。即請
春安。　新我手上。五、一。

費新我（一九〇三—一九九二），學名斯恩，字省吾、立千，號立齋。後改名新我。浙江湖州人。曾任上海萬葉書店美術編輯，江蘇省國畫院畫師，中國美協會員，中國書協理事、江蘇分會顧問，湖州書畫院名譽院長等。著有《怎樣畫毛筆畫》《怎樣學書法》《楷書初階》《怎樣畫鉛筆畫》《怎樣畫圖案》《毛主席詩詞行書字帖》《魯迅詩歌行書帖》《費新我書法集》等。一九八〇年加入西泠印社。

上款人鄒德忠（一九三八—　），筆名齊惠，别署知不知子，齋號知不知齋。山東烟臺人。曾任中國書協理事，中國文聯書畫藝術中心副秘書長，中國書協（香港）主席、中國收藏協會副秘書長，中國書協書法培訓中心教授，山東大學書畫研究院客座教授等。出版有《鄒德忠書法作品集》《鄒德忠書法藝術》。

宜生同志：十五日惠函，敬悉一是。由於机関学習、故就暂存拙作山水中選寄四幅（較精之品）、（附收据）乞鑒收、指正。月底因正式開会、工作照晝夜忙、收到后均遲未奉复，實深歉仄。畫款亦可說明，請予扣除，尤見粗枝大叶也。此件請合部相送、為可也。上次區報以同情寄之函，不知已被採用否。弟原意係指採用后請惠稿酬可也、非謂（画了）即請惠酬也。此点請好見示。至禱至禱。如該扇今年手即整完成、有暇請見贈一二。石把、小溪化意、為荷為荷。南京已經熱、揮汗握筆、順頌

撰祺

傅抱石上 六月廿日

傅抱石致田宜生書札

宜生同志：十五日惠函，敬悉一是。由於機關學習，乃就舊存拙作山水中選寄（較精之品）四幅（坿收據），乞察收、指正。

月來因正大開會，上次賜書及匯欵，收到後均遲未奉復，實深歉仄。墊欵亦未説明請予扣除，尤見粗枝大葉也。此次請全部扣清，爲感。

上次民航公司囑寫扇面，不知已被採用否？弟原意係指採用後請惠稿酬四元，非謂『畫了』即請惠酬也。此點請煩見示，至禱至禱！如該扇今年可印製完成，務望轉請見贈三五把，以資紀念。如何？

南京已很熱，揮汗握筆。順致

敬禮！傅抱石頓首。六月廿二日。

傅抱石（一九〇四—一九六五），原名長生、瑞麟，號抱石齋主人。江西新餘人，生于南昌。曾任南京師範學院教授、江蘇省國畫院院長，中國美協副主席、江蘇分會主席，江蘇省書法印章研究會副會長。第三届全國人大代表、第二届全國政協委員等。著有《中國篆刻史述略》《木刻的技法》《寫山要法》《中國的繪畫》《中國古代繪畫之研究》《國畫源流述概》《中國繪畫變遷史綱》《摹印學》《中國繪畫理論》《明末民族藝人傳》《中國古代山水畫史的研究》《中國美術史》《中國美術年表》《石濤上人年譜》《山水人物技法》《中國繪畫之研究》《中國山水畫人物技法》《美術創作經驗談》《中國的人物畫和山水畫》《怎樣欣賞藝術》《文天祥年述》等。出版有《傅抱石畫集》《浙江寫生畫集》等。一九六三年加入西泠印社，曾任副社長。

上款人田宜生，原榮寶齋營業科副科長，曾參與榮寶齋多件國寶級書畫作品收購。

印迷

乾良先生有集印之癖尊家
諉書印迷二字自慚獰劣不堪以入
大方家之顧焉敬求
亮之　庚申九月　當湖陳巨来篆

陳巨來致林乾良題辭

印迷。

乾良先生有集印之癖，辱蒙誘書『印迷』二字，自慚獰劣，不堪以入大方家之一顧焉。敬求亮之！庚申九月，當湖陳巨來篆。

鈐印：安持長年

陳巨來（一九〇四—一九八四），原名斝，字巨來，以字行。號塙齋，別署安持、安持老人、牟道人、石鶴居士，齋名安持精舍。浙江平湖人。曾任上海中國畫院畫師、上海書法篆刻研究會會員、上海市文史研究館館員。著有《安持人物瑣憶》、《安持精舍印存》、《安持精舍印冣》（附《安持精舍印話》一卷），輯有《古印舉式》兩集。西泠印社早期社員。

叔蓮先生：

前上一緘，計已達覽。昨接北京圖書館張館長來信，本草一種屬龍在滬代為介紹。昨與上海圖書館接洽，該館先詢最低價若干，俾請高示，以便進行。上海力能致此者，不過一二處耳！上海圖書館讓氣中似尚有意。此請

文安

顧廷龍頓首 十二月十日

桂老前請安

顧廷龍致叔蓮書札

叔蓮先生：

日前上一緘，計已達覽。茲接北京圖書館張館長來信，《本草》一書，屬龍在滬代爲介紹。昨與上海圖書館接洽，該館先詢最低價若干，便請商示，以便進行。上海力能致此者，不過一二處耳。上海圖書館語氣中似尚有意。

此請

台安。顧廷龍頓首。十二月十日。

桂老前請安。

顧廷龍（一九〇四—一九九八），號起潛。江蘇蘇州人。曾任暨南大學、光華大學教授。中華人民共和國成立後，歷任上海歷史文獻圖書館館長，上海圖書館館長，華東師範大學兼職教授，文化部國家文物鑒定委員會委員。著有《說文廢字廢義考》《章氏四當齋藏書目》《吴愙齋先生年譜》《古陶文孴録》《顧廷龍書法選集》等。有《顧廷龍全集》行世。一九七九年加入西泠印社。

上款人叔蓮生平不詳。

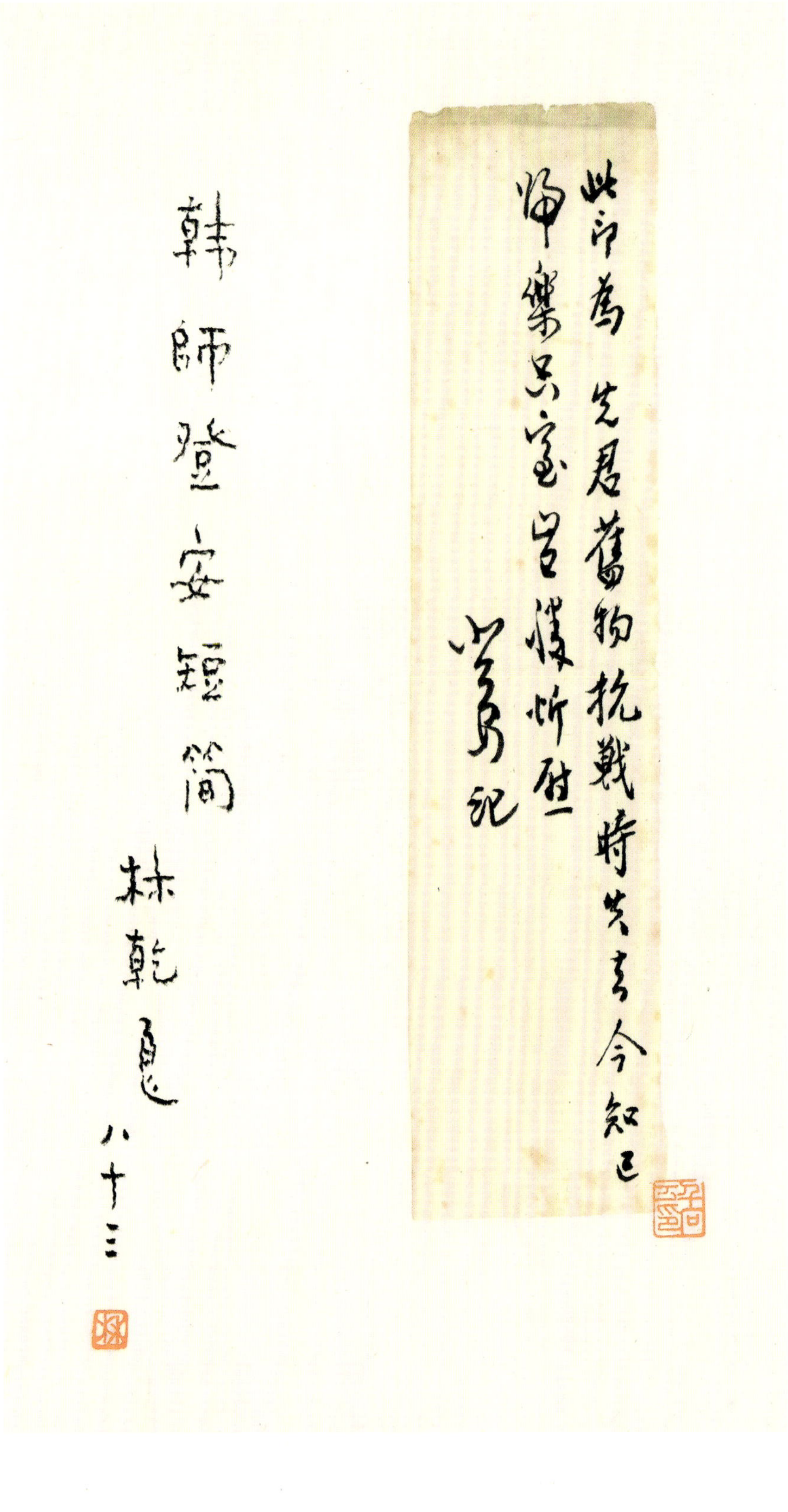
此印為 先君舊物抗戰時失去今知已
韓師登安短簡
林乾良
八十三

韓登安題跋

此印爲　先君舊物，抗戰時失去，今知已歸樂只室，豈勝忻慰。
登安記。

韓登安（一九〇五—一九七六），原名競，字登安，以字行。一字仲錚，別署耿齋、安華、印農，晚年又號無待居士、耿翁、夲翁，所居曰容膝樓、玉梅花庵、物蕓齋、青燈籀古庵。浙江蕭山人，生于杭州。中華人民共和國成立後曾任浙江省文史研究館館員。一九五八年曾任恢復西泠印社籌備委員會委員。著有《續説文作篆通假》《明清印篆選録》（未梓），出版有《韓登安印存》《歲華集印譜》《西泠印社勝迹留痕》《毛主席詩詞三十七首》等。西泠印社早期社員，曾任總幹事。

游於藝
羅福頤

羅福頤小品

游於藝。

羅福頤。

羅福頤（一九〇五—一九八一），字子期，筆名梓溪、紫溪，七十後自號僂翁。浙江上虞人，出生于上海。曾任北京大學文科研究所講師、故宮博物院研究員、國家文物局咨議委員會委員、中國科學院考古學會理事、中國古文字學會理事等。編著有《古璽文字徵》《三代秦漢金文著録表》《清大庫史料目録》《遼文續拾》《西夏文存》《傳世古尺圖録》《滿洲金石志》《漢印文字徵》《古璽文編》《宋史夏國傳集注》等。有《羅福頤集》行世。一九七九年加入西泠印社，曾任理事。

孟仁仁兄左右落月停雲正念故人忽奉
惠翰快同天降比想
起居佳勝至慰至頌屬刻石章本擬翹日奏刀
祇以比來病腕殊劇未觀報
命稍俟着道當即奉
教以餘暑想益以執藝事自娛矣匆匆即頌
著祺　弟夢禪頓首
七月八日

鄒夢禪致方孟仁書札

孟仁仁兄左右：落月停雲，正念故人，忽奉惠椾，快同天降！比想起居佳勝，至慰至頌。屬刻石章本欲剋日奏刀，祇以比來病腕殊劇，未輒報命，稍俟暑過當可奉教也。餘晷想益以藝事自娛矣。匆匆。即頌暑祺。弟夢禪頓首。七月一日。

鄒夢禪（一九〇五—一九八六），原名敬栻，一作敬式，字悼堪，號今適，又號大齋、瓶廬，别署遲翁。浙江瑞安人。曾任中華書局《辭海》編輯，中國書協會員、浙江省書協名譽理事等。編著有《吕氏春秋集解》二十六卷，出版有《夢禪治印集》二卷、《鄒夢禪印存》等。一九七九年加入西泠印社，曾任理事。

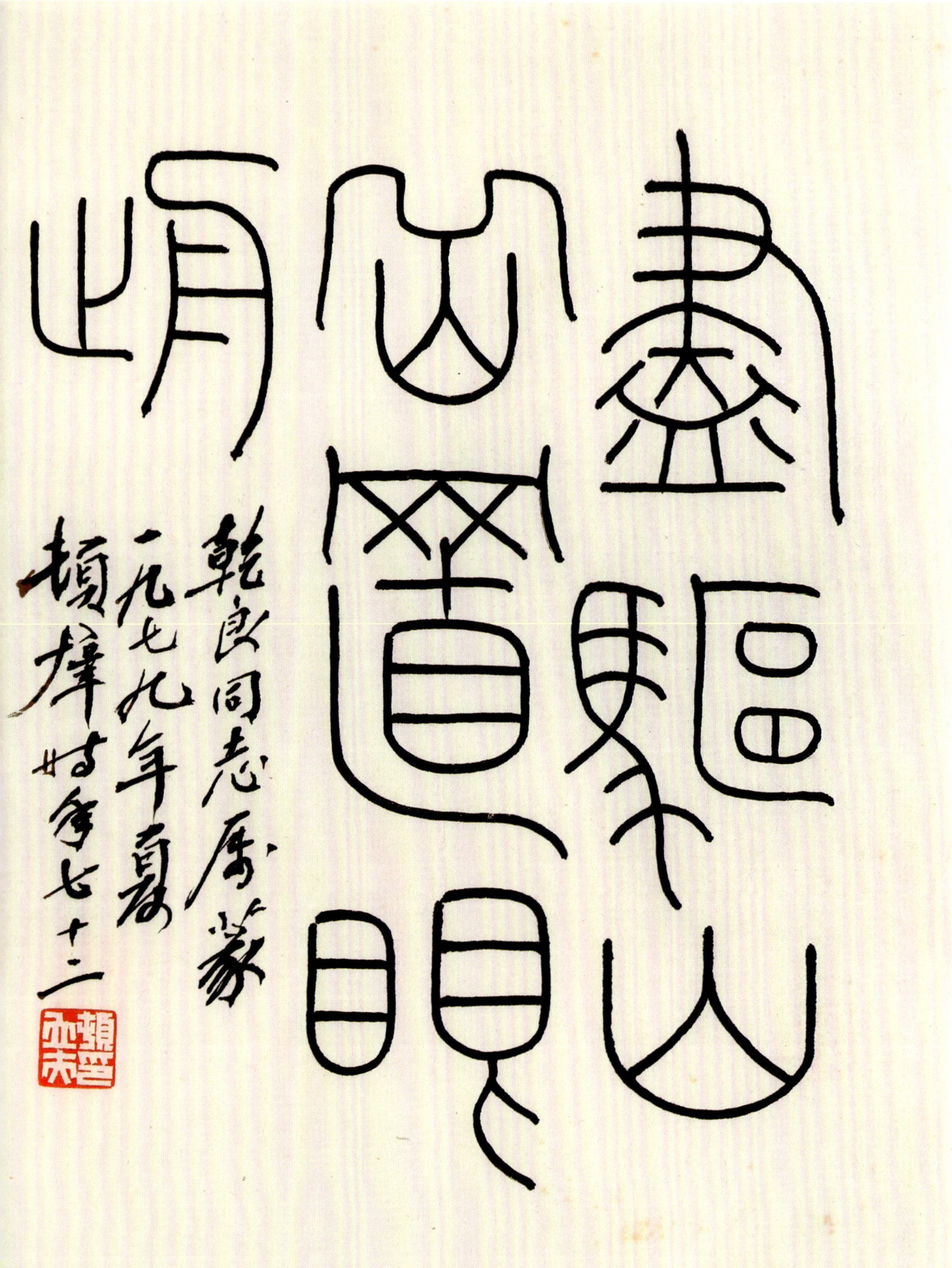
乾良同志屬篆
一九七九年夏
頓立夫時年七十二
頓立夫

頓立夫小品

盡驅山岳置眼前。
乾良同志屬篆。
一九七九年夏，
頓羣時年七十二。

鈐印：頓立夫印

頓立夫（一九〇六—一九八八），名群，字立夫，又字歷夫，晚號慨叟。河北涿縣人。是中華人民共和國國印『中華人民共和國中央人民政府』首任印鑒製作者。曾任中國書協會員、北京分會理事，日本深邃印社特別會員。出版有《頓立夫治印》《頓立夫治印續集》《頓立夫篆書唐詩六十首》等。一九七九年加入西泠印社。

金石壽
振平

吴振平小品

金石壽。

振平。

鈐印：吴振平

吴振平（一九〇七—一九七九），原名錦生，又名瓏，字振平，以字行，號和庵、儋山。浙江紹興人。吴隱子。編有《小鉩印存》等。西泠印社早期社員，曾任幹事。是直接參與將西泠印社社產捐獻給政府四人之一。

明精
用闻

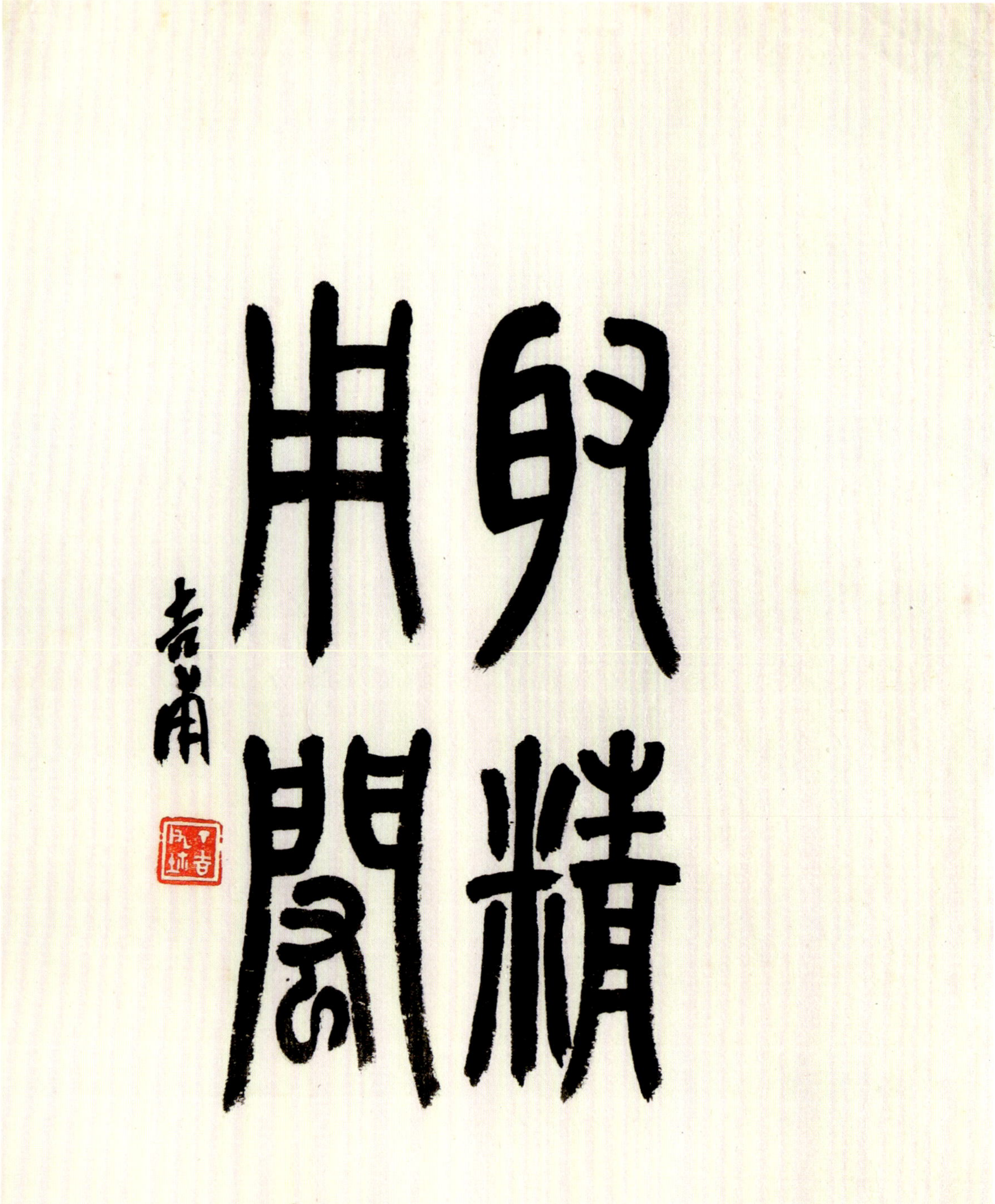

吉甫

丁吉甫小品

取精用閎。

吉甫。

鈐印：丁吉父璽

丁吉甫（一九〇七—一九八四），原名守謙。江蘇南通人。曾任南京藝術學院黨委委員、學院辦公室主任，美術系黨支部書記、系主任，中國美協會員，江蘇美協理事，中國書協會員、江蘇分會副主席等。編著有《印章參考資料》《現代印章選輯》等。一九六三年加入西泠印社。

鎮中同志如晤：好久不見，念念。公擬組研篆刻，擬參加西泠為社員，前將印社資料已寄去，著實現向會長申請，時請論者其力協調通過，費神神，為盼。此致

近好

葉潞淵拜託託。十月六日

本年十七大會余升力只往不實之事前應時擇主一伐 淵又識

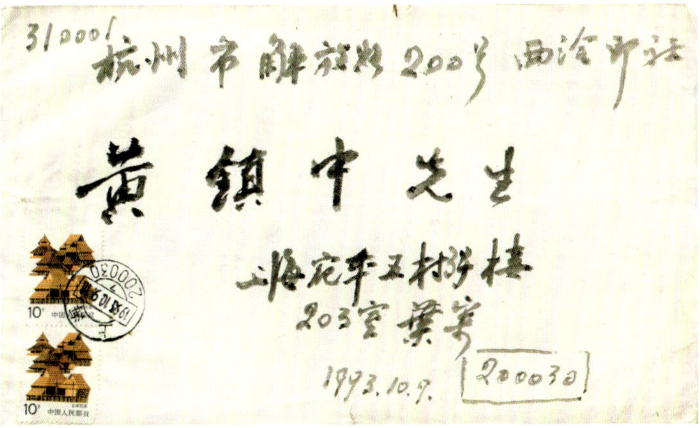

葉潞淵致黃鎮中書札

鎮中同志如晤：好久不見，企念之至。孫兒肇春擬參加西泠爲社員，前將其資料已寄交尊處。現開會在即，届時討論，望鼎力設法通過，費神費神爲盼！此致

近好！葉潞淵拜託拜託。十月九日。

今年九十大會，余身力欠佳，不克來前，届時肇春代。又及。

葉潞淵（一九〇七—一九九四），名豐，字潞淵，號露淵、露園，後以字行。江蘇蘇州人。曾任中國美協會員、上海美協會員、上海中國畫院畫師、上海書協名譽理事、上海市文史研究館館員。著有《静樂簃印稿》《葉潞淵印存》《潞翁自刻石印集》和《中國璽印源流》（合作）等。西泠印社早期社員，曾任理事。

上款人黃鎮中（一九四九—　），浙江温州人。西泠印社副秘書長兼印學理論與社史研究室主任、浙江省中國人物畫研究會副秘書長。

重今同志：昨寄出画、由卢坤峯转交给你、日内当可收到、闻你处有新出版碑帖卖、希代留下列该碑：

龙藏寺一、九成宫醴泉铭（三本）、曹全碑一、始建庭景福殿赋一。

我定十五日来杭、已通知李西顺同志代定华侨房间。

草此

即问近好

叶浅予五月九日

葉淺予致郁重今書札

重今同志：昨寄出一畫，由盧坤峯轉交給你，日內當可收到。

聞你處有新出版碑帖賣，希代留下列諸碑：

《龍藏寺》一、《九成宮醴泉銘》（二本）、《曹全碑》一、《孫過庭景福殿賦》一。

我定十五日來杭，已通知李亞順同志代定華僑房間。

草述，即問近好！　葉淺予。五月九日。

葉淺予（一九〇七—一九九五），原名綸綺，筆名初萌、性天等。浙江桐廬人。中國漫畫和生活速寫奠基人。曾任中國美協副主席，中國畫研究院副院長，中央美院教授。曾爲茅盾小說《子夜》、老舍劇本《茶館》等畫插圖，出版個人畫集多種。創作長篇漫畫《王先生》《小陳留京外史》，組畫《天堂記》等，著有《畫餘論畫》《畫餘論藝》《十年惡夢録》。一九八〇年加入西泠印社。

上款人郁重今生平見二三一頁。

白墅吾兄：前委刻印三枚已刻就，託友
中青旅之同志帶上，請查收。望明見寄
請代我討一些有關書畫月曆（即一年十二張的），由託友寄
前託近代的紙信封，本年所有的作品亦請代寄回世
中手以照片印譜一厚冊，務必取回，寄上交彼從
存之一本也。保用青年自冊，又交張炳存。其他俟再談，即頌
近安。弟君匋上 三月廿三
借用書畫月曆專用小年曆卡亦佳。又及

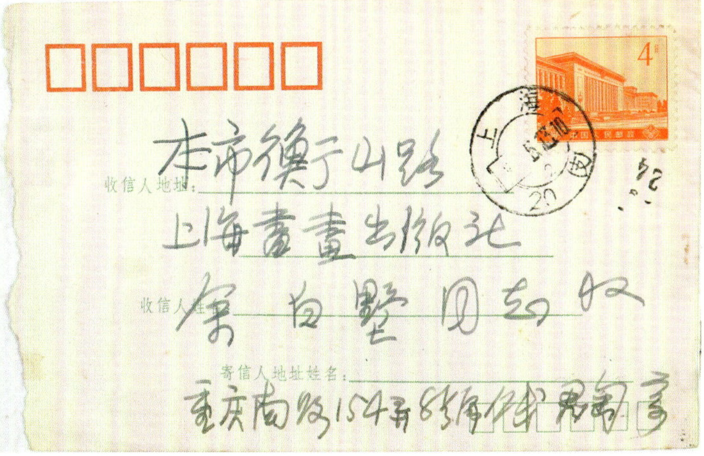

錢君匋致余白墅書札

白墅同志：前委刻印三枚已刻就，請便中來取如何？拓本坿上請正。徐昌明同志處請代我討一些有國畫的月曆即一年十二張的。爲託。再者，前託進行的幾位青年朋友的作品望代索回，其中于水怒有印譜一厚册，務必取回，蓋此爲彼僅存之一本也。係用素白册頁裱貼者。其餘再談。即頌

近好！

弟君匋手上。十月廿六日。

倘國畫月歷（曆）無，則小年歷（曆）卡亦佳。又及。

錢君匋（一九〇七—一九九八），名玉堂、錦堂，字君匋，號豫堂、禹堂、午齋，室名無倦苦齋、抱華精舍。浙江桐鄉人。曾任上海市文史研究館館員、上海文藝出版社編審、上海市政協委員等。著有《長征印譜》《魯迅印譜》《錢君匋印存》《君匋書籍裝幀藝術選》等。一九六三年加入西泠印社，曾任副社長。

上款人余白墅（一九二〇—二〇〇八），浙江慈溪人。曾任大衆美術出版社、新美術出版社、上海人民美術出版社、上海書畫出版社編輯部主任、編審、顧問等。中國美協會員、中國版畫家協會會員。著有《木刻技法點滴》。

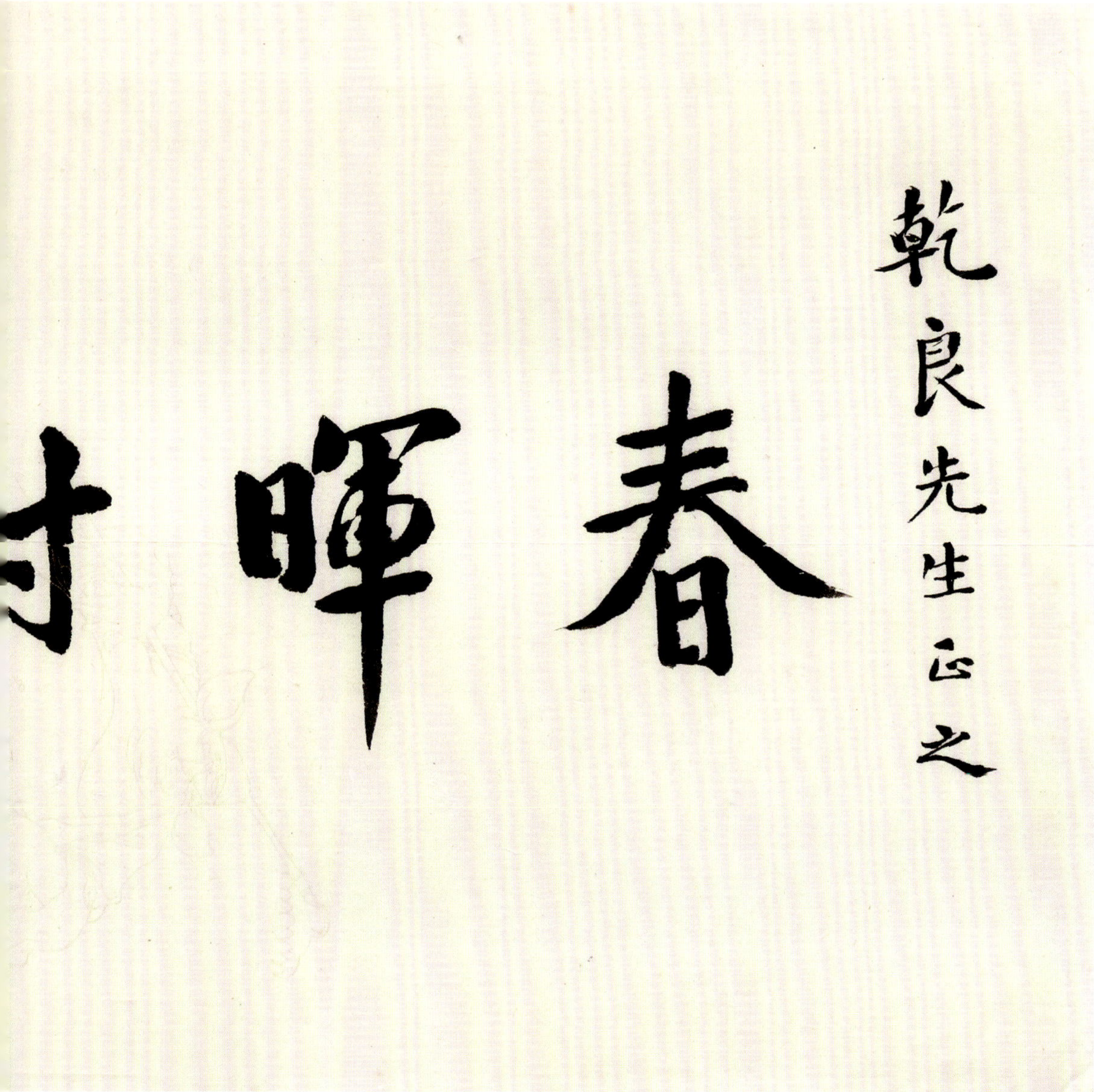
乾良先生正之
春暉
寸

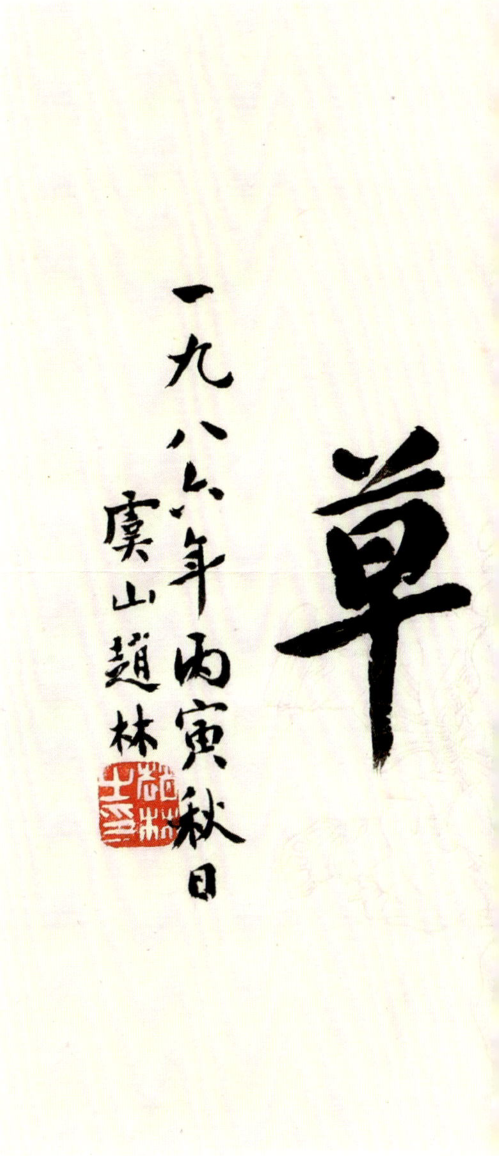

趙林致林乾良題辭

春暉寸草。

乾良先生正之。

一九八六年丙寅秋日，

虞山趙林。

鈐印：趙林之印

趙林（一九〇七—二〇〇五），字晋風。江蘇常熟人。曾任中國書協會員、上海書法篆刻研究會會員、上海書協第一届理事、上海散木印社名譽社長、常熟虞山印社名譽社長。出版有《趙古泥趙林父女印譜》。一九八一年加入西泠印社。

乾良兄正
余任天

余任天致林乾良題辭

印迷。

乾良道兄正。

余任天。

鈐印：余任天印

余任天（一九〇八—一九八四），曾用名櫟年，字天廬，室名歸漢室、嘉磚硯齋。浙江諸暨人。曾任中國美協浙江分會理事、中國書協浙江分會名譽理事、杭州市美協副主席、西泠書畫院特聘畫師、杭州逸仙書畫社社長、浙江省文史研究館館員。著有《天廬畫談》《歷代書畫家補遺》《陳老蓮年譜》等。一九七九年加入西泠印社。

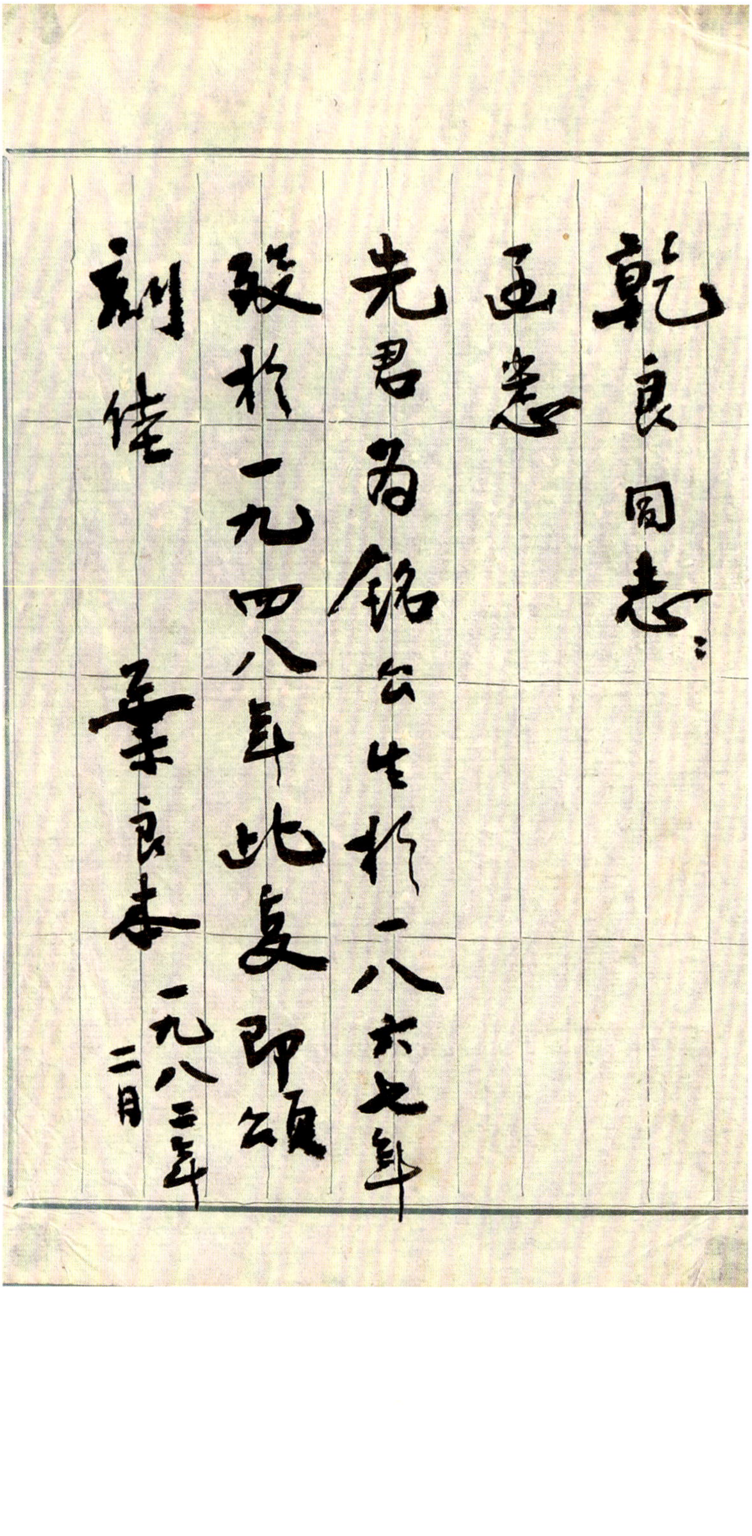

乾良同志：

函悉

先君為銘公生於一八六七年

殁於一九四八年此复即頌

刻佳

葉良本

一九八二年二月

葉良本致林乾良書札

乾良同志：

函悉。

先君爲銘公生於一八六七年，殁於一九四八年。此復。即頌

刻佳。葉良本。一九八二年二月。

葉良本（一九〇八—一九八五），葉爲銘子，浙江杭州人。西泠印社早期社員，曾任幹事。是直接參與將西泠印社社産捐獻給政府四人之一。

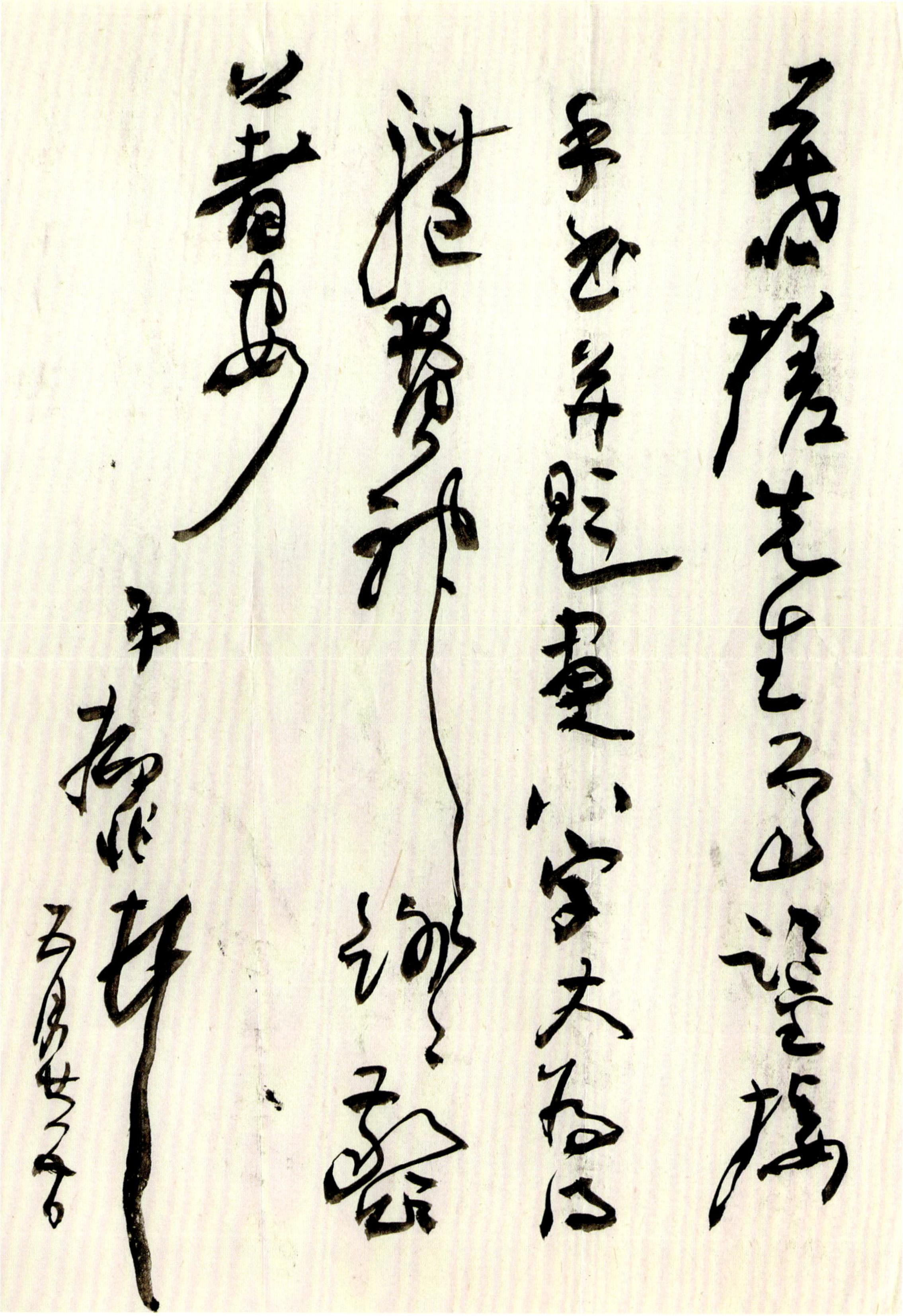
慕槎先生道席

手書并題畫八字大為

[illegible]

[illegible]著安

弟抑非頓首

五月廿八日

陸抑非致張慕槎書札

慕槎先生尊鑒：接手書并題畫八字，大爲得體！費神！謝謝！敬頌著安。弟抑非頓首。五月廿五日。

陸抑非（一九〇八—一九九七），名翀，字一飛，一九三七年後改字抑非，花甲後自號非翁，又號蘇叟。江蘇常熟人。曾任浙江美術學院教授、研究生導師，西泠書畫院副院長，常熟書畫院名譽院長。著有《非翁畫語録》，出版有《陸一飛花鳥畫集》《陸一飛畫集》《陸抑非花鳥畫輯》《陸抑非教學畫稿》等。一九八九年加入西泠印社，曾任顧問。

上款人張慕槎（一九〇六—一九九六），又名宗騫，字紫峰。浙江諸暨人。曾任浙江省人民政府參事，浙江逸仙書畫院暨西湖詩社創始人之一、名譽院長，中國詩詞學會浙江分會顧問。著有《松韵閣詩稿》《松韵閣文稿》。

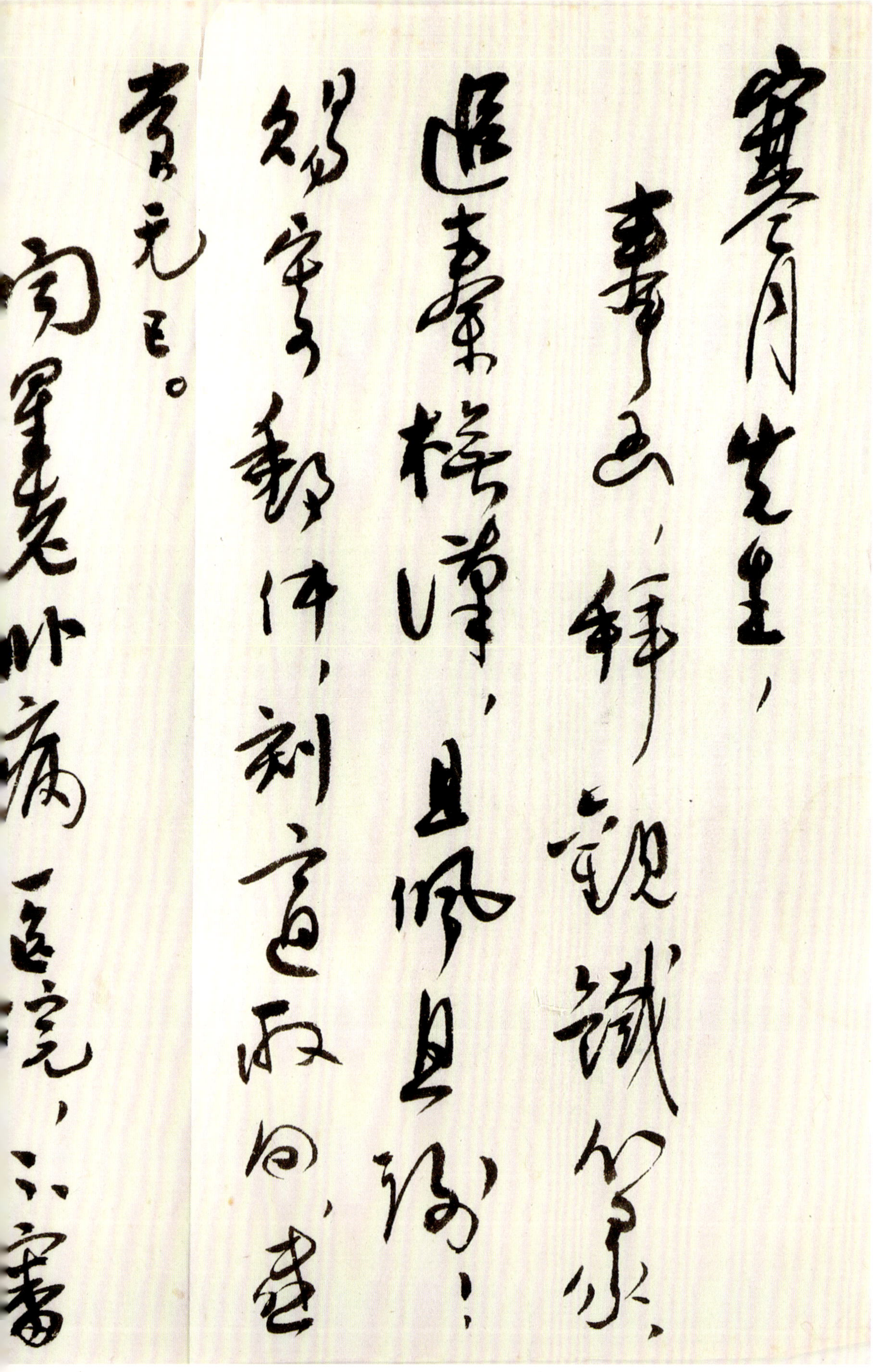

寒月先生，
尊函拜觀，識悉，
還來樣章，且佩且謝！
錫寶動件，刻意取勝，
寶元已。
聞君足外傷，一通完，二寒書

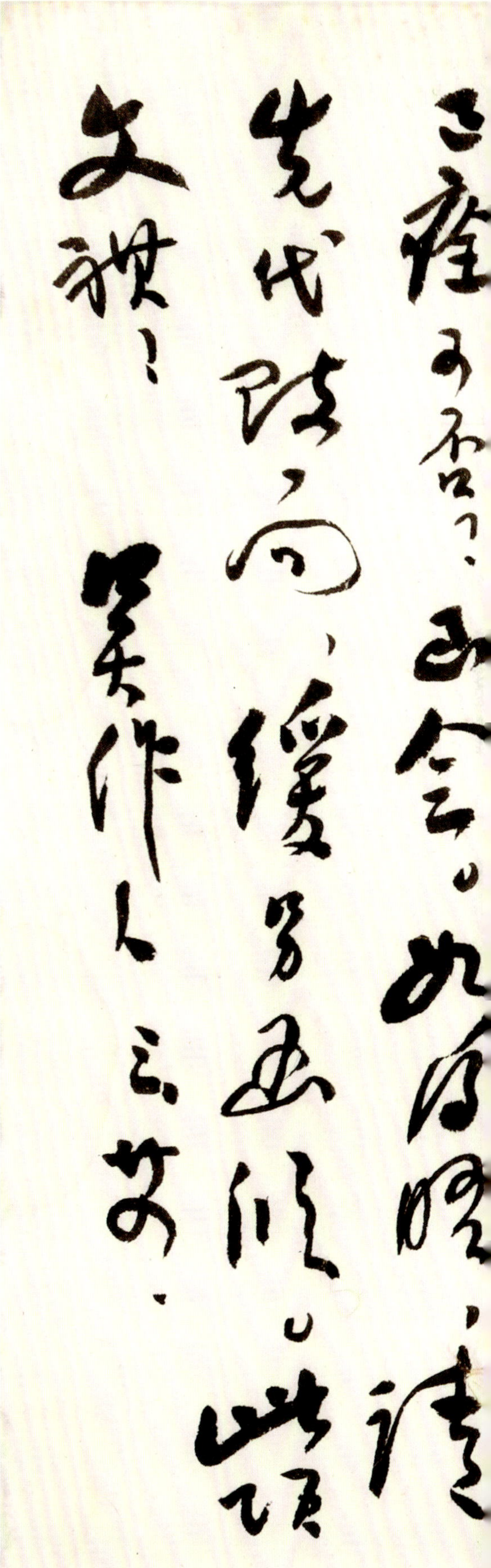

吴作人致張寒月書札

寒月先生：

奉函。拜觀鐵篆，追秦橅漢，且佩且謝！賜寄郵件，刻適取回，感賞無已。

聞星老卧病醫院，不審已痊可否？至念。如得晤，請先代致問，緩另函候。此頌

文祺！　吴作人。三、廿四。

吴作人（一九〇八—一九九七），安徽涇縣人，生于江蘇蘇州。曾任中央美術學院院長、中國美協主席、中國文聯副主席，第一至六屆全國人大代表和第六屆全國人大常委會委員、第七屆全國政協常委。一九八四年被法國政府文化部授予『藝術與文學最高勛章』，一九八六年被比利時國王授予『王冠級榮譽勛章』。出版有《吴作人速寫集》《吴作人水墨畫選》《吴作人畫集》《吴作人、蕭淑芳畫選》《吴作人藝術》《吴作人速寫集》等。一九七九年加入西泠印社，曾任顧問。

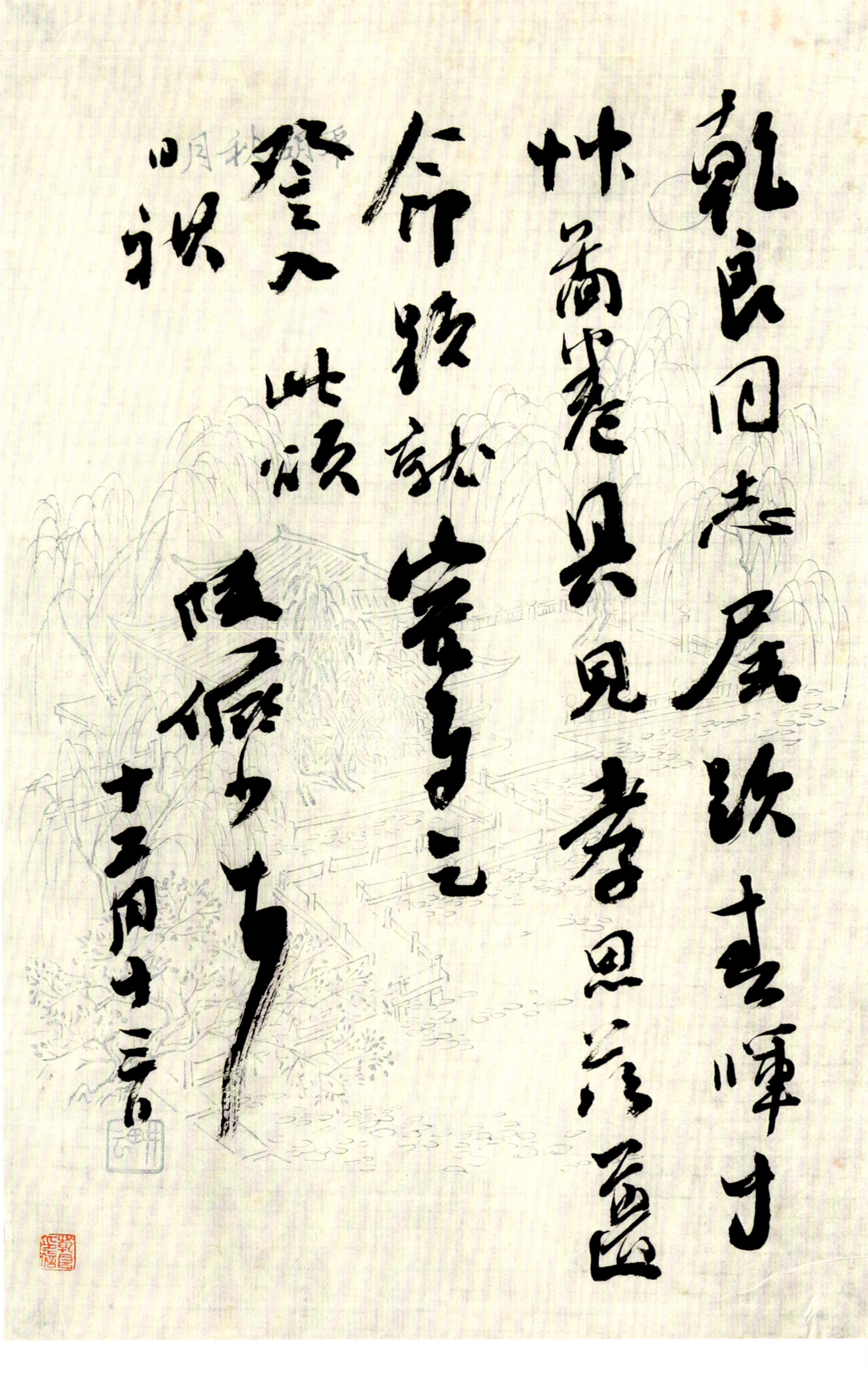
乾良同志：屋跋書畢，付
林篇老，具見孝思深意。
令路就寄上，
察入。此頌
日祺
陸儼少
十二月十二日

陸儼少致林乾良書札

乾良同志：屬題春暉寸艸啚卷，具見孝思。茲遵命題就寄奉，乞

詧入。此頌

日祺！　陸儼少頓首。十二月十三日。

陸儼少（一九〇九—一九九三），又名砥，字宛若。上海嘉定人。曾任上海中國畫院畫師、浙江畫院院長、浙江美術學院教授、中國美協理事等。出版有《陸儼少自叙》《陸儼少畫集》等。一九七九年加入西泠印社，曾任顧問。

乾良兄鑒文字債負太
多忙不可言雋宜書
寫久延時日良歉差幸頃
取常達又以告慰此復
并頌
潭綏
主蘭手啓

潘主蘭致林乾良書札

乾良兄鑒：文字債負太多，忙不可言。屬寫壽字久延時日，至歉！差幸頑軀尚健，可以告慰。此復，并頌

譚綏。　主蘭手啓。二、一。

潘主蘭（一九〇九—二〇〇一），原名鼎，室名素心齋。福建長樂人。曾任福州書法篆刻研究會副會長，福州畫院副院長，福建省書協副主席、顧問，福州市書協顧問，中國書協會員、篆刻藝術委員會委員，福建省詩詞學會副會長、顧問，福建省文史研究館館員。曾獲第一屆『中國書法蘭亭獎終身成就獎』。出版有《潘主蘭印選》《潘主蘭詩書畫印》《壽山石刻史話》等。一九八六年加入西泠印社。

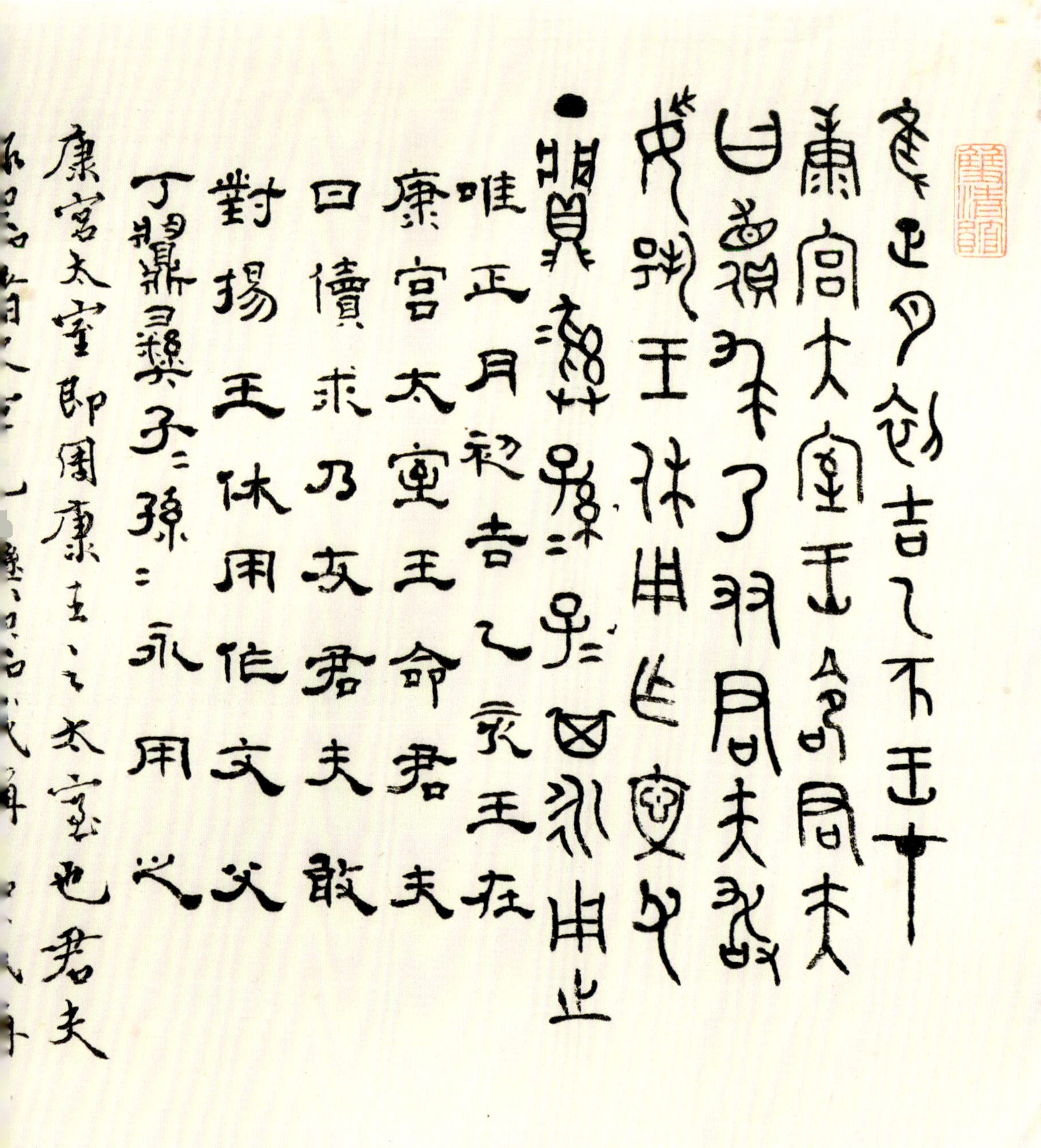
唯正月初吉乙亥王在
康宮太室王命君夫
曰儥求乃友君夫敢
對揚王休用作文父
丁䵼彝子子孫孫永用之
康宮太室即周康王之太室也君夫

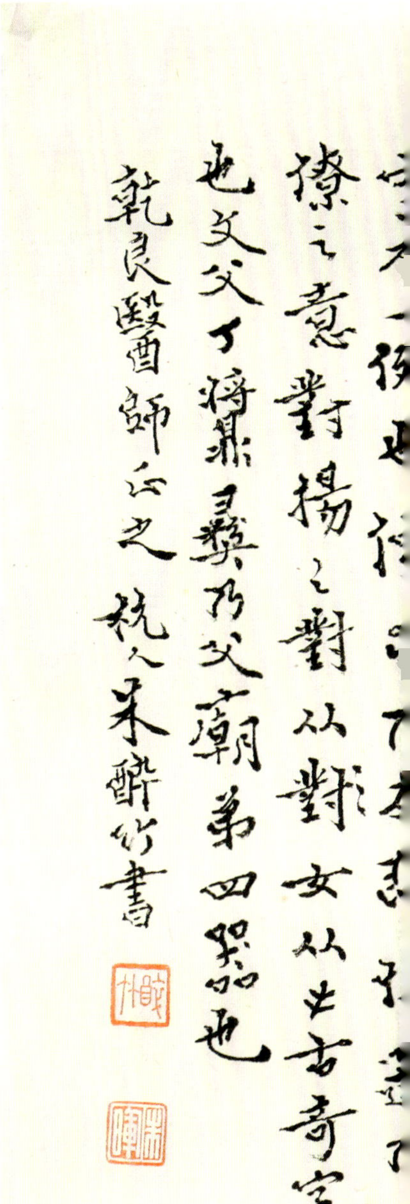

朱醉竹小品

唯正月初吉乙亥，王在康宮太室。王命君夫曰：『儥求乃友。』君夫敢對揚王休，用作文父丁䵼彝，子子孫孫，［其］永用之。

康宮太室，即周康王之太室也。君夫，作器者之字也。彝器或偁名或偁字，不一例也。儥求乃友，即慎選乃僚之意。對揚之對，从女从屮，古奇字也。文父丁䵼彝，乃父廟弟四器也。

乾良醫師正之。杭人朱醉竹書。

鈐印：雙清館、醉竹、朱暉

朱醉竹（一九一〇—一九七四），原名暉，曾名寶庭，號醉竹，齋名九芝研室。浙江杭州人。著有《西泠印社見聞記》《學藝詹詹録》。西泠印社早期社員。

龍茶之芳見賜，俟、請
將秉玉之畫即交戴光
帶歸為荷！即候
安！！

申市岳陽路
79弄卅號三樓

余白墅兄
唐雲
四月八日

唐雲致余白墅書札

龔之方兄趨候，請將永玉之畫即交龔兄帶轉爲荷！即候好！本市岳陽路79弄14號三樓。

余白墅兄。唐雲。五月一日。

唐雲（一九一〇—一九九三），字俠塵，别號藥城、藥塵、藥翁、老藥、大石、大石翁。浙江杭州人。曾任中國美協理事、上海分會副主席，中國畫研究院院務委員，上海中國畫院副院長、代院長、名譽院長等職。有《唐雲全集》行世。一九六三年加入西泠印社，曾任理事。

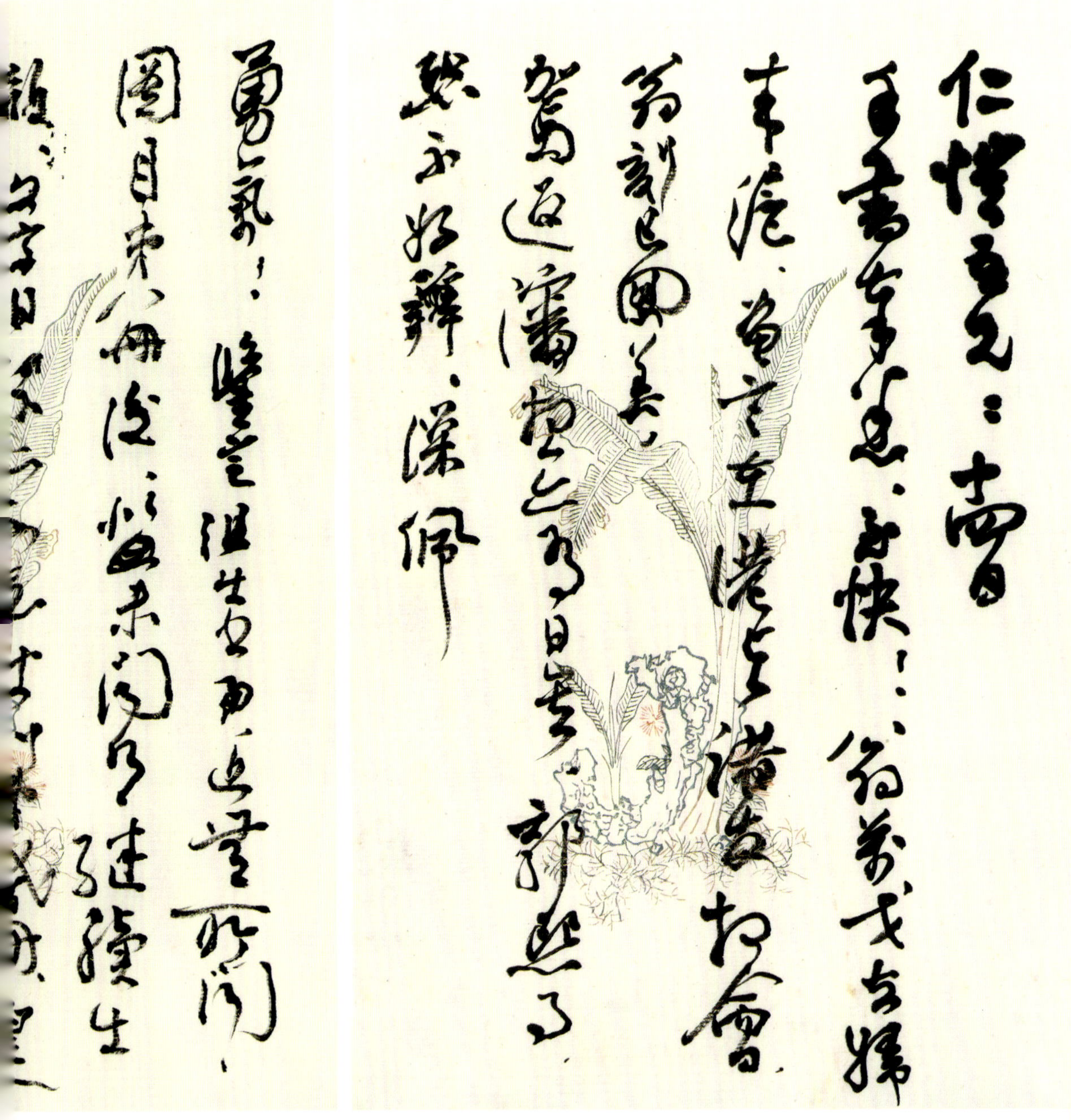

仁愷兄：曾
手書寄奉，想達。甚快快。翁戈友歸
來滬，道吾兄在港，甚盼會
為劉兄風采矣。
鶯近寓，當已為日否？郭老已
然否好轉，深佩
勇氣。鑒定組先生再一出，望一行聞。
圖目宋人冊後，似無來問，乃速覆生
護。兄字日……

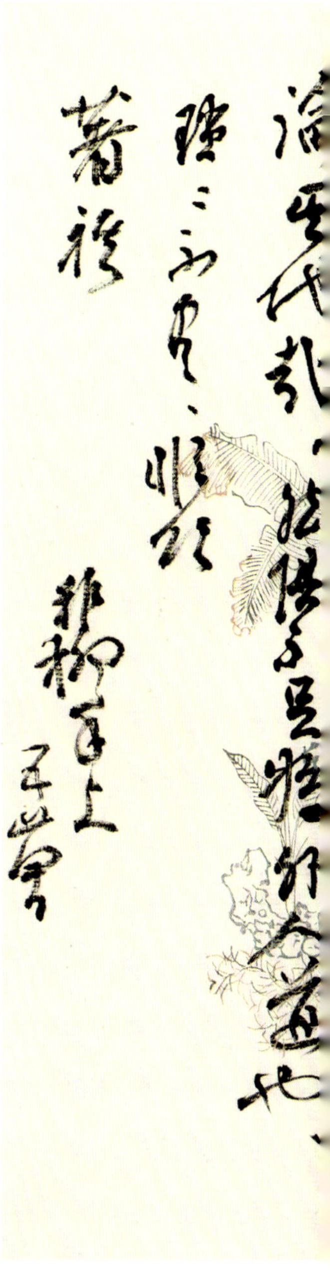

謝稚柳致楊仁愷書札

仁愷吾兄：十四日

手書奉悉，至快！翁萬戈夫婦來滬，曾言在港與諸友相會，翁刻已回美，駕返瀋想亦有日矣。郭熙事恐不好辦，深佩勇氣！鑒定組出書事，近無所聞，圖目弟八冊後，似未聞有繼續出版。文字目録亦不知出到弟幾册，遑論其他哉？然俱不足爲外人道也。瑣瑣不盡，順頌

著祺！　稚柳手上。五、廿四日。

謝稚柳（一九一〇—一九九七），原名稚，字稚柳，後以字行。晚號壯暮翁，齋名魚飲溪堂、杜齋、烟江樓、苦篁齋。江蘇常州人。曾任上海市文物管理委員會編纂、副主任，上海市博物館顧問，中國美協理事、上海分會副主席，中國書協理事、上海分會副主席，國家文物局全國古代書畫鑒定小組組長，國家文物鑒定委員會委員等。著有《敦煌石室記》《敦煌藝術敘録》《水墨畫》《鑒餘雜稿》；詩詞集有《魚飲詩稿》《甲丁詩詞》等；編有《唐五代宋元名迹》《唐五代宋元名迹》《燕文貴、范寬合集》《董源、巨然合集》《梁楷全集》等；出版有《謝稚柳畫集》數種。一九七九年加入西泠印社，曾任顧問。

上款人楊仁愷生平見一六九頁。

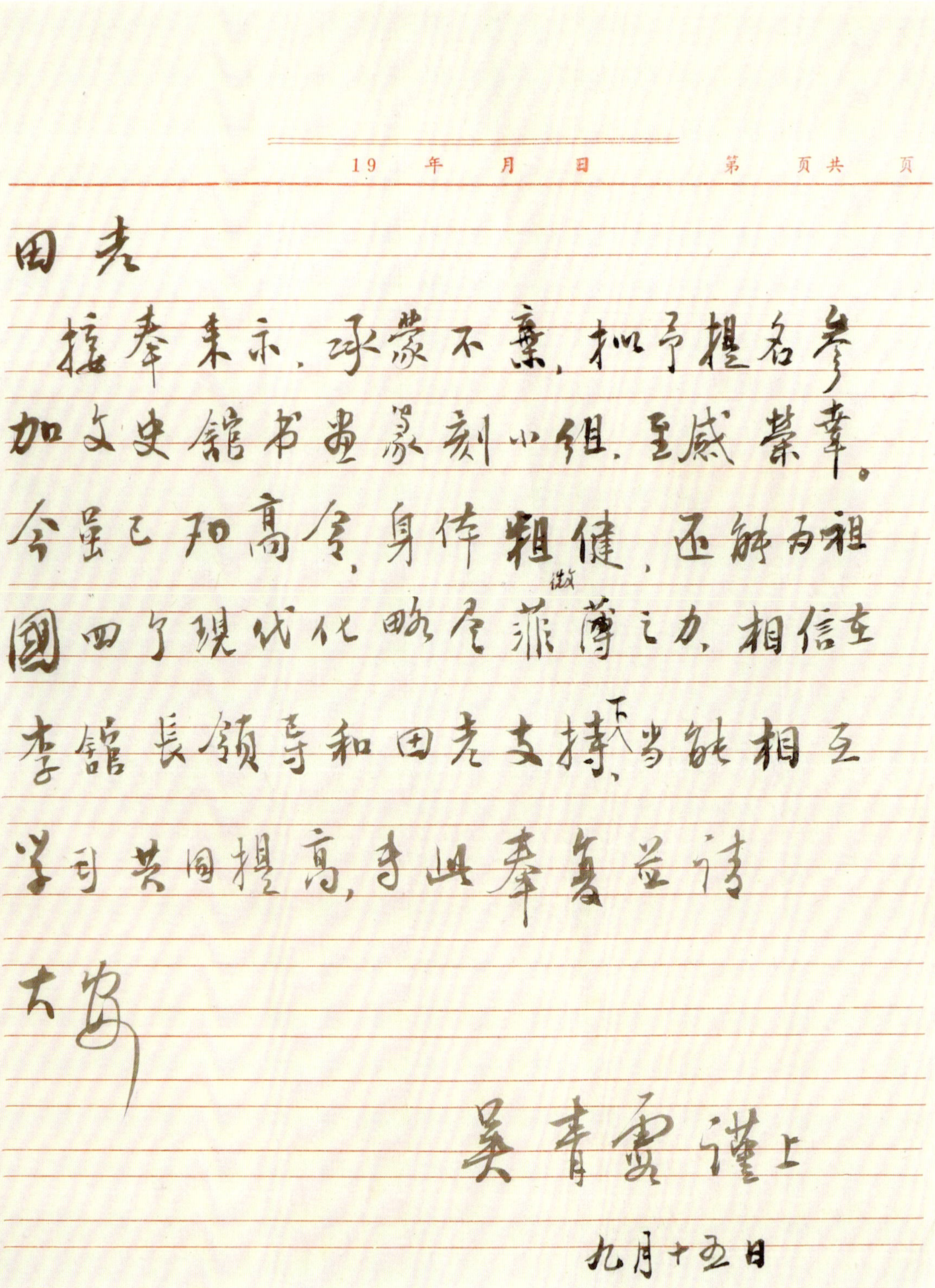

19　年　月　日　　　　第　页共　页

田老

接奉来示，承蒙不棄，拟予提名參加文史館書畫篆刻小組，至感榮幸。今虽已知高令，身体粗健，还能为祖國四个現代化略尽菲薄（微）之力，相信在李館長領导和田老支持下，当能相互学习共同提高，專此奉复并请

大安

吴青霞谨上

九月十五日

装订线

吴青霞致田桓書札

田老：

接奉來示，承蒙不棄，擬予提名參加文史館書畫篆刻小組，至感榮幸。今雖已七十高令（齡），身體粗健，還能爲祖國四个現代化略盡微薄之力，相信在李館長領導和田老支持下，當能相互學習共同提高。專此奉復，並請大安。

吴青霞謹上。九月十五日。

吴青霞（一九一〇—二〇〇八），學名德舒，號龍城女史，别署篆香閣主。江蘇常州人。曾任上海中國畫院畫師，中國美協會員、上海分會理事，中國國際文化交流中心理事，上海市文史研究館館員，上海交通大學、上海師範大學兼職教授等。出版有《吴青霞畫集》。一九八七年加入西泠印社，曾任顧問。

上款人田桓（一八九三—一九八二），字寄葦，號葦道人。湖北蘄春人。中國同盟會會員。曾任孫中山隨從秘書、中華革命黨印鑄局局長，曾爲孫中山鎸刻『大元帥印』『孫文印』等。中華人民共和國成立後，曾任民革中央委員、民革上海市委委員、上海市文史研究館館員、上海市人民政府參事、中國書協會員、上海中國畫會常務監事等。

黃蒙田先生：

連接由港寄來「美術家」三本，非常感謝。希望能陸續寄到這類刊物，請代致謝。並頌

藝祺！

蕭淑芳

作人附筆

蕭淑芳致黃蒙田書札

黃草予先生：

連接由港寄來《美術家》三本，非常感謝！希望能陸續看到這類刊物，謹此致謝！並頌

藝綏！　蕭淑芳。

作人附筆。

蕭淑芳（一九一一—二〇〇五），廣東中山人。曾任中央美術學院繪畫系（後改爲中國畫系）教授，中國美術家協會會員，全國婦聯第四屆執委。吴作人藝術館館長、吴作人國際美術基金會會長。一九七九年加入西泠印社。

上款人黃蒙田（一九一六—一九九七），原名黃草予，又名黃茅。廣東臺山人，居香港。當代畫家，散文家。著有《湖畔集》《山水人物集》《湖光山色之間》《春暖花開》《竹林深處人家》《花間寄語》《抒情小品》《藝苑交游録》等。

天乃護中丘遇花而與他遊詩草見
示讀之尤自嘆六橋三竺夜诗中多述及
曾侍板輿舛降七句終不永慕朱小
松之同研陆子松死葬杭上益惜歷向
思级之云 十月三白於下书
此诗为最诸古好颙之一覽运池依写
以待和辞 勿爲予 又反

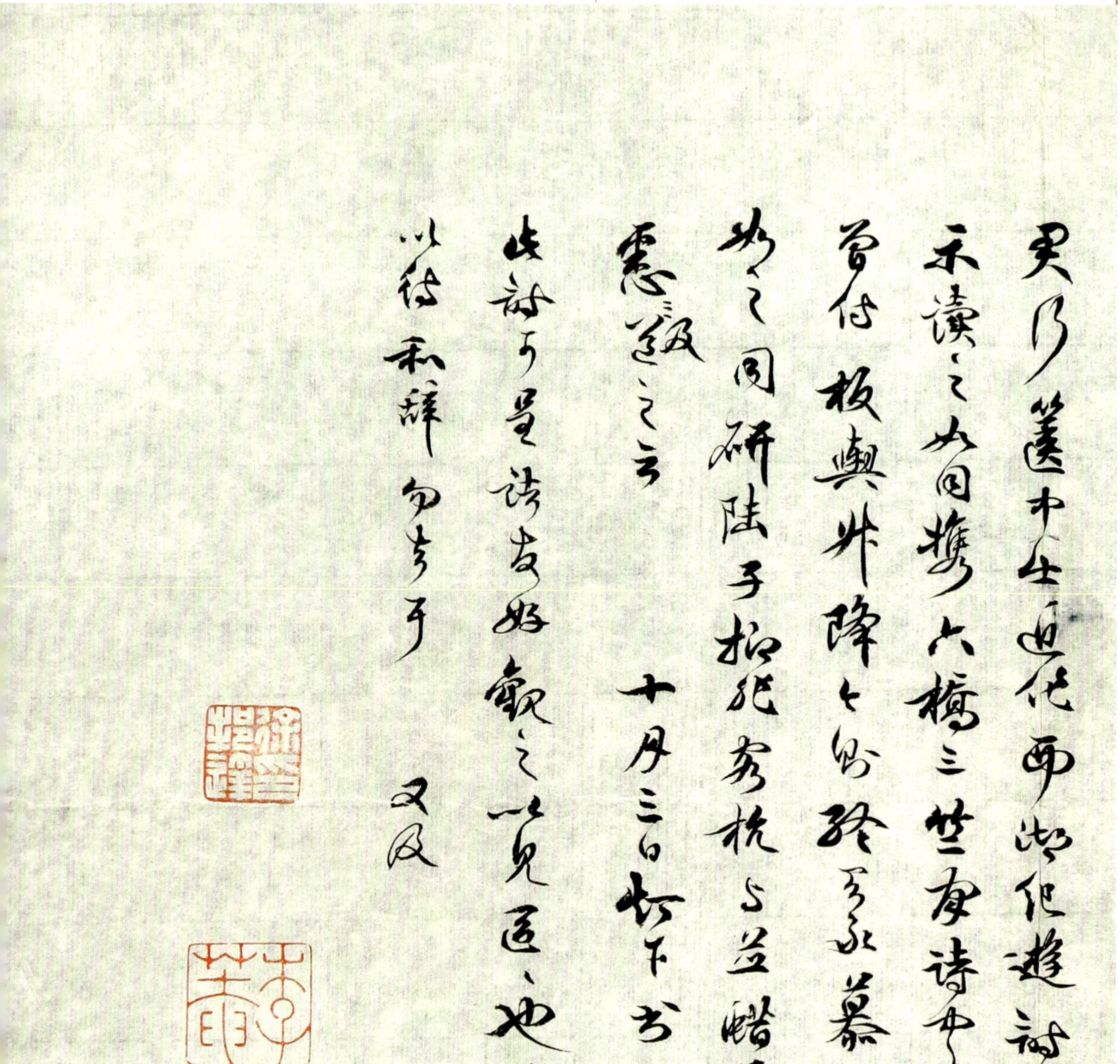

徐邦達題跋

君行篋中出近作《西湖紀游詩草》見示，讀之如同携六橋三竺間。詩中有述，曾侍板輿升降，今則終天敬慕。余亦如之。同研陸子抑非客杭與並蠟屐，故悉及之云。十月三日燈下書。

此詩可呈諸友好觀之，以見區區也。餘紙以待和辭，勿去耳。又及。

鈐印：徐邦達印、李庵

徐邦達（一九一一—二〇一二），字孚尹，號李庵，又號心遠生、蠖叟。浙江海寧人，生于上海。曾任故宫研究室研究員、中央文物鑒定委員會常務理事、中國美協會員、中國書協會員、中國博物館學會名譽理事。係中國古代書畫鑒定組七人成員之一。著有《古書畫鑒定概論》《古書畫僞訛考辨》《歷代書畫家傳記考辨》《中國繪畫史圖録》《古書畫過眼要録》等。有《徐邦達集》行世。一九八〇年加入西泠印社，曾任顧問。

仕濠學棣清覽：

寄示之詞，皆已捧讀，足見勝過以往之習作，並倍茲進取，精神之可嘉也。古人學填詞，首要讀詞，抑揚頓挫，需心領神會，久之，胷次郁勃，因信手拈來，自出手神，皆鬯矣。汝初學前宜聯句、和韻，莫存藏拙嗜勝之見。待學深日漸，機括日熟，秀章俊語，綺文衛，便有進益於不自覺者矣。予生處還旧譯者亦然。離群索居，日對古人，研精覃思，覃覃無心得，未若取徑乎此之捷而速也。

叔玉 七月廿二日

戚叔玉致仕濠書札

仕濠學棣清覽：

寄示二詞皆已捧讀，顯然勝過以往之習作，弟倍蓰進取，精神之可嘉也。古人學填詞，首要讀詞。抑揚頓挫，需心領神會，久之，胷次鬱勃，固信手拈來，自然丰神諧鬯矣。汝初學，最宜聯句、和韵，莫存藏拙嗜勝之見。待靈源日濬，機括日熟，名章俊語紛交衡，便有進益於不自覺者矣。手生重理舊彈者亦然。離群索居，日對古人，研精覃思，寧無心得？未若取徑乎此之捷而適也。叔玉

七月廿二日午。

鈐印：戚璋

戚叔玉（一九一二—一九九二），原名璋、鶴九。山東威海人。曾任上海市書協名譽理事、上海市美協會員、杭州西泠書畫院畫師、上海市政協委員、上海市文史研究館館員。富收藏，藏品多捐贈西泠印社、上海博物館等，上海博物館圖書館編輯出版有《戚叔玉捐贈歷代石刻文字拓本目録》。一九八〇年加入西泠印社。

上款人仕濠生平不詳。

吉甫同志

屢承寵召敢不應

命祇緣去物生即在

家鄉條東特流謝

年氣雖療脹

好也安

大羽即日

陳大羽致丁吉甫書札

吉甫同志：

辱承寵召，敢不應命？祇以去揚在即，在家候車，特此婉謝，千乞鑒諒！候

午安。大羽。即日。

陳大羽（一九一二—二〇〇一），原名漢卿。廣東潮陽人。曾任中國書協常務理事，江蘇省美協、書協副主席，南京藝術學院教授等。出版有《陳大羽畫集》《陳大羽畫選》《陳大羽畫輯》《陳大羽書畫篆刻作品集》等。一九七九年加入西泠印社，曾任理事。

寄上參加新加坡書展作品對聯一件，請社查收示為要 此致

西泠印社

曹簡樓

九、二三

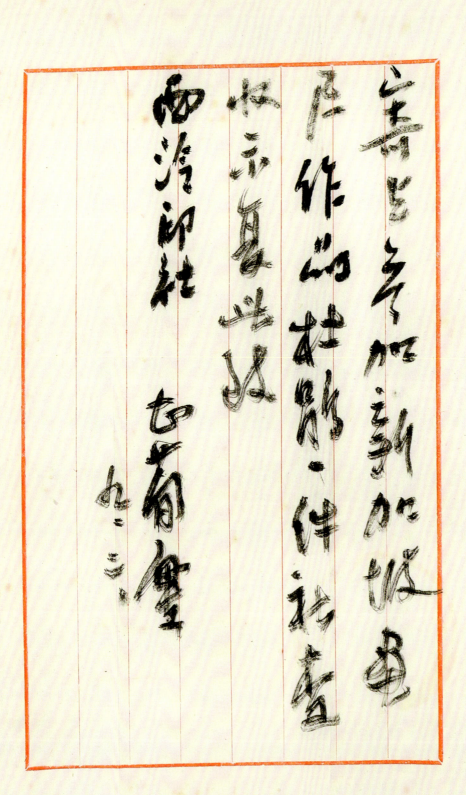

曹簡樓致西泠印社書札

寄上參加新加坡畫展作品《杜鵑》一件，祈查收示復。此致

西泠印社。曹簡樓。九、二。

曹簡樓（一九一三—二〇〇五），原名鎮，號劍秋，齋名讀有用書齋、用恒室。江蘇南通人。曾任上海中國畫院畫師，中國美協會員，上海市文史研究館館員，吳昌碩研究會副會長。出版有《曹簡樓畫集》等。一九七九年加入西泠印社。

广州市人民政府用箋

忠效同志：

今晚六時在白雲賓館請余瀚、邵銘夫婦、邵宇、沈尹夫婦以及香港客人吃飯，請你一定光臨。

賴少其、曾菲

十二月六日

賴少其致詹忠效書札

忠效同志：

今晚六時在白雲賓館請余瀚、邵敏夫婦，邵宇、沈尹夫婦，以及香港客人吃飯，請你一定光臨。

賴少其、曾菲。

十二月八日。

賴少其（一九一五—二〇〇〇），齋號木石齋。廣東普寧人。新徽派版畫主要創始人。曾任華東美協黨組書記，安徽省美協主席，中國版畫家協會副主席，上海美協副主席，廣東美協名譽副主席，安徽省政協副主席，中國美協和書協常務理事，中國作家協會會員。曾被授予『魯迅版畫獎』和『中國新興版畫杰出貢獻獎』。編譯有《創作版畫雕刻法》，著有詩集《賴少其自書詩》，話劇劇本《莊嚴與醜惡》；出版有《賴少其畫集》《賴少其山水畫》《花卉册》等。一九七九年加入西泠印社，曾任理事。

上款人詹忠效（一九四七—　），廣東五華人。中國美協會員，曾任《廣州文藝》美術編輯、廣東《中國現代畫報》主編、廣州市美協副主席，現爲中國綫描藝術研究會副會長。擅長中國畫、連環畫。

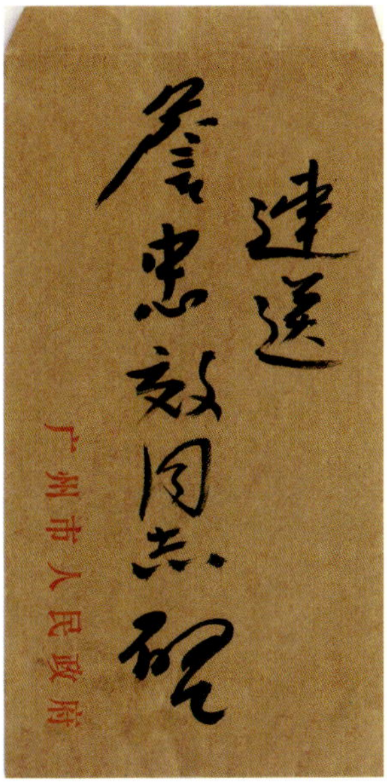

風白同志：

南大拍照事不知進行如何，甚念。

呼籲理事會稿事，過兩天想可寫信，今寄上請畫家收推介，能否採用不計，但能提一些意見以便改進，此致

敬禮

弟 魏紫熙

二月十八日

魏紫熙致蔣風白書札

風白同志：

南大拍照事不知進行如何，甚念。

囑整理寫生畫稿事，這兩天畫了五張，今寄上，請查收推介。能否採用不計，但盼能提一些意見，以便改進。此致

敬禮！

弟魏紫熙。三月十八日。

魏紫熙（一九一五—二〇〇二），河南遂平人。曾任江蘇省國畫院畫師、徐州市國畫院名譽院長、中國美協理事。出版有《魏紫熙畫集》《魏紫熙畫輯》《魏紫熙山水畫集》《魏紫熙人物畫集》《魏紫熙山水畫譜》等。一九八〇年加入西泠印社。

乾良衔长：

惠收敬悉。遵嘱书就拙诗，另纸抄录，恳请

踢发，因赴外地讲学，迟复为歉。

恭贺

新春愉快！

意庵顿首

二月廿七日

金意庵致林乾良書札

乾良衕長：

惠信敬悉。遵囑書就拙詩，另紙抄録，懇請

賜教。因赴外地講學，遲復爲歉！恭賀

新春誌喜。意庵頓首。一月廿二日。

鈐印：啟族之鉩

金意庵（一九一五—二〇〇二），原名愛新覺羅·啓族。北京人。滿族，乾隆皇帝長子定安親王永璜之後裔。曾任中國書協理事、篆刻藝術委員會會員，吉林省書協名譽主席，白山印社社長，吉林師範學院教授等。曾獲中國書協頒發『中國書法藝術榮譽獎』。著有《意庵詩草》，出版有《金意庵詩書畫印集》。一九八九年加入西泠印社。

遼寧省博物館
LIAONING PROVINCIAL MUSEUM

寬堂吾兄有道：
以患[illegible]日漸[illegible]痛之疾，
未知已痊好否？念念！承蒙
為北大撰序，該[illegible]
文，以[illegible] 賜收為照！另有[illegible]
[illegible]请你子[illegible]生[illegible]集，請 閱
文祺！ 弟 楊仁愷 拜上 十二月二十。

中國沈阳市和平区十纬路二十六号
No.26 Tenth Wei Road, Heping District,
Shenyang 110003, PRC.
Tel: (024) 2826063 2708696
Fax: (024) 2821316

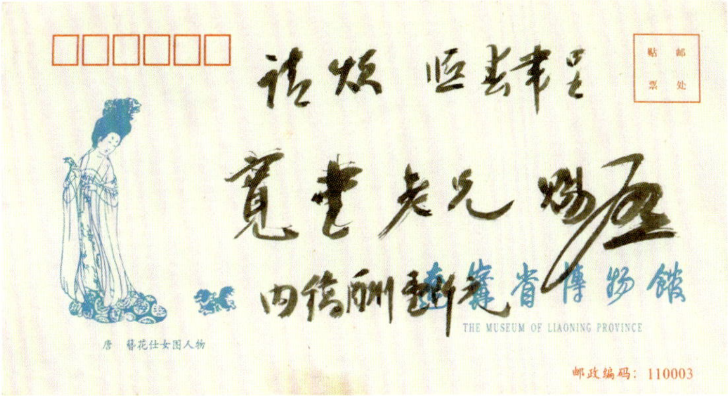

楊仁愷致馮其庸書札

寬堂吾兄有道：

頃悉前日患胃痛之疾，未知已痊好否？念念！承蒙爲拙書撰序，致送稿酬壹仟元，即乞賜收爲盼！廿四日赴星洲，半月後可望歸來，謹聞。

文祺！　弟穌溪仁愷肅上。二月二十日。

楊仁愷（一九一五—二〇〇八），號穌溪遺民，筆名易木，齋名沐雨樓。四川岳池人。曾任中國博物館協會名譽理事，遼寧省博物館名譽館長、文史研究館名譽館長，人民大學國學院教授，中央美術學院研究生導師，遼寧省書協名譽主席、美協名譽主席等職。曾被授予『人民鑒賞家』榮譽稱號，係中國古代書畫鑒定組七人成員之一。著有《國寶沉浮録》《中國書畫鑒定學稿》《沐雨樓書畫論稿》等。一九八〇年加入西泠印社，曾任顧問。

上款人馮其庸（一九二四—二〇一七），名遲，字其庸，號寬堂。江蘇無錫人。曾任中國人民大學教授、中國藝術研究院副院長、中國紅學會會長、中國戲曲學會副會長、中國作家協會會員、《紅樓夢學刊》名譽主編、中央文史研究館館員、中國文字博物館館長等。著有《春草集》《逝川集》《夢邊集》《秋風集》《落葉集》《曹學叙論》《漱石集》《論庚辰本》《石頭記脂本研究》《曹雪芹家世新考》《八家評批紅樓夢》《曹雪芹家世·紅樓夢文物圖録》《夜雨集》《瀚海劫塵》《蔣鹿譚年譜·水雲樓詩詞輯校》等。有《瓜飯樓叢稿》行世。曾獲文化部頒發『中華藝文獎終身成就獎』。

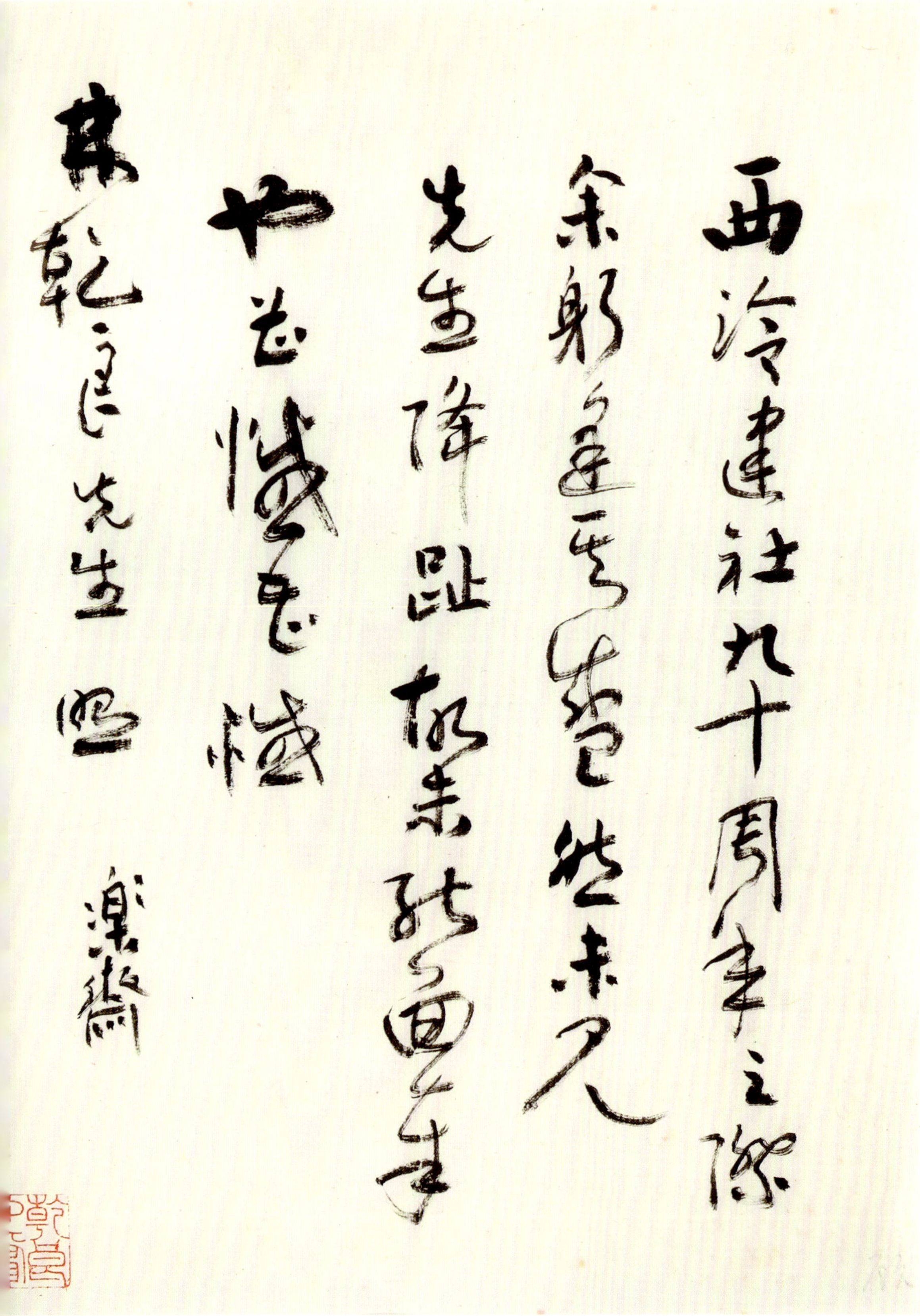
西泠建社九十周年之際，余躬逢盛典，竟然未見先生降趾，據悉赴西安事也，甚憾憾。
林乾良先生鑒
樂齋

顧振樂致林乾良書札

西泠建社九十周年之際，余躬逢其盛，然未見先生降趾，故未能面奉也。甚憾甚憾！

林乾良先生啓。樂齋。

顧振樂（一九一五—二〇一一），字心某，號樂齋。上海嘉定人。曾任上海市文史研究館館員、上海市高校書法教育研究會理事、華東師範大學《中華書法篆刻大典》編委、中國書協會員。出版有《顧振樂書畫集》《顧振樂畫集》等。曾獲『西泠印社終身成就奬』。一九九一年加入西泠印社。

無錫市書畫院

乾良同志：

屬請馮其庸題詞，據他函稱，早就寫好，陽在某本書中，但書已找不着，因工作、活動忙早就遺忘了。十月初因紅樓夢學會開年江蘇各地及上海，在錫也逗留了幾天，乃託人他詢諸三章了，回家後，竟又不寫好寄來，無法如願踐約。他九月又要應邀赴美講學半年。

增：馮題二頁及無錫日報一份。

此报手头已无，前曾寄西泠印社一份

匆匆，即頌

近安

高石農手泐

高石農致林乾良書札

乾良同志：

屬請馮其庸題詞，據他回憶，早就寫好隔在某本書中，但書已找無着，因工作活動忙，早就遺忘了。上月初因與《紅樓夢》有關事來江蘇各地及上海，在錫也逗留了幾天，乃就與他「約法三章」，回京後一定要寫好寄來，總算「如願踐約」。他九月又要應邀赴美講學半年。

坿上馮親題二頁。（刪去「及《無錫日報》一分」。此報手頭已無，前曾寄西泠印社一分。）匆匆。即頌

近安。高石農啓。五、二十九。

高石農（一九一六—一九八八），又名惜文，室名度雲樓、耕石廬。江蘇無錫人。曾任江蘇省書協名譽理事，無錫市書協名譽主席，無錫市書法藝術專科學校副校長、代校長，無錫西神印社首任社長，中國書協會員。著有《篆刻簡介》《篆書帖》等。一九七九年加入西泠印社。

榮寶齋印製

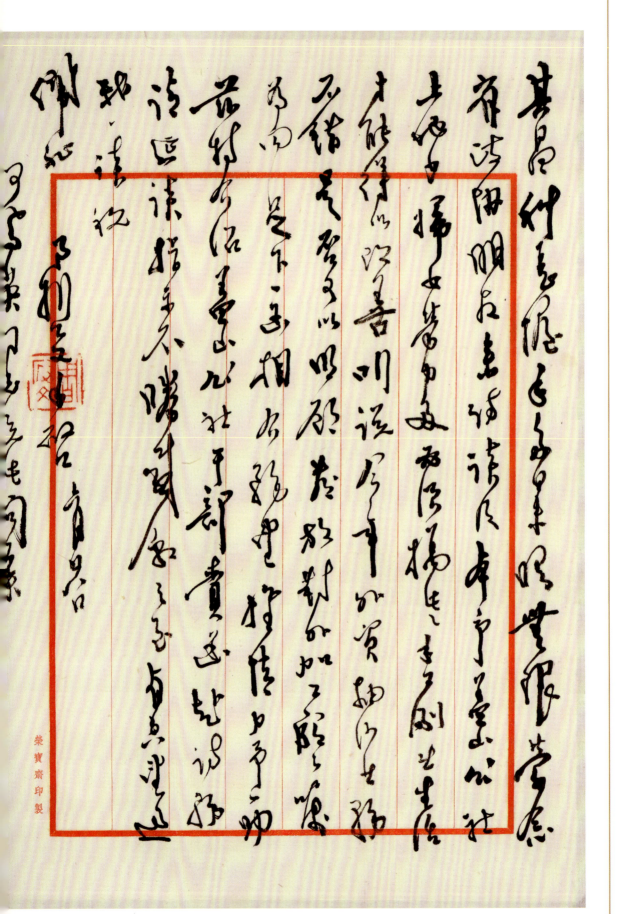

周哲文致胡其昌書札

其昌科長握手：多日未晤，無限縈念。省政協朋友來訪，談及本市蓋山公社土地少、婦女勞力多，必須搞些手工副業，生活纔能得以改善。聽説今年外貿抽紗業務不錯，是否可以照顧發放對外加工？殷殷囑爲向　足下一函相介，務望推情，力予一助。茲特介紹蓋山公社幹部賫函赴訪，務請延談指示，不勝感激之至！有空望過我一談。祝

儷祉。　弟哲文手啓。六月廿八日。

何鳳英同志統此問候。

鈐印：周哲文

周哲文（一九一六—二〇〇一），福建長樂人，生于福州。曾任福州市書法篆刻研究會副會長、第四至七届福建省政協委員、中國書協會員，福建省書協顧問，福州市文聯名譽主席，福州畫院副院長。出版有《毛澤東詩詞四十三首印譜》《懷念敬愛的周總理詩詞印譜》《戊辰龍年印譜》《周哲文篆刻集》《周哲文篆刻選集》《周哲文從藝六十年》《藝海藏珍》等。一九七九年加入西泠印社，曾任理事。

上款人胡其昌，生卒年不詳。福建福州人。曾任福建省外貿進出口公司科長等。

華翰頃悉，屬件附上一張，乞再賜書籤爲感。前月曾到西湖，匆匆一日，未遑來謁，甚以爲恨。

乾良弟

從周

梓翁

八月卅一

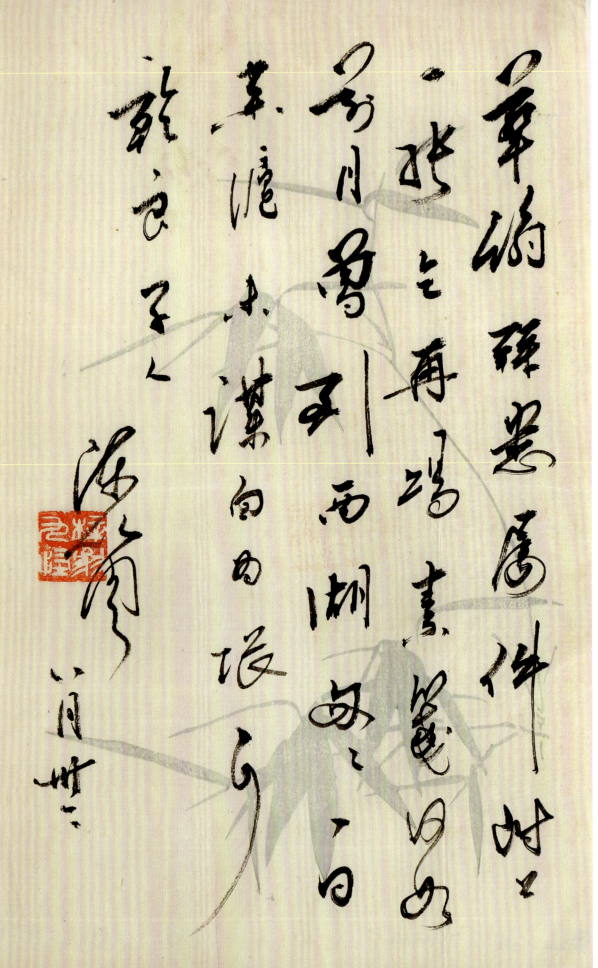

陳從周致林乾良書札

華翰拜悉。屬件附上一張，乞再賜素箋何如？前月曾到西湖，匆匆一日。來滬未謀面爲悵耳。

乾良學人。

陳從周。八月卅一。

鈐印：梓翁九怪

陳從周（一九一八—二〇〇〇），原名郁文，晚年別號梓室，自稱梓翁。浙江杭州人。曾任同濟大學教授、博士生導師。著有《説園》《蘇州園林》《揚州園林》《園林談叢》《書帶集》《春苔集》《簾青集》《隨宜集》《山湖處處》《陳從周畫集》等。有《陳從周全集》行世。一九八一年加入西泠印社。

乾良同志足下：奉復承以
珍藏之西湖十景畫箋惠贈，至感至感。
俟暑後刻十景印奉酬，命題書
畢，寸楮卷謹呈，七絕一首書尚祭
求正。南望江雲，幾與神馳，為復，
並頌
道安
仲貞子　頓首
乙未冬月八日

仲貞子致林乾良書札

乾良同志足下：奉復示，承以
珎藏之『西湖十景』畫牋惠贈，至感至感！俟春暖刻『十景』印奉酬。命題春暉
寸艸卷，謹呈七絕一首，書兩葉求正。南望江雲，書與神馳。耑復，並頌
道安。仲貞子頓首。己未冬月六日。

仲貞子（一九一八—二〇〇八），曾名諒，江蘇海安人。曾任江蘇省文史研究館館員、中國書協會員，江蘇省書協理事，南通市書協、詩協名譽主席，江海印社社長。出版有《仲貞子詩書畫篆刻選》《仲貞子詩稿》等。一九八七年加入西泠印社。

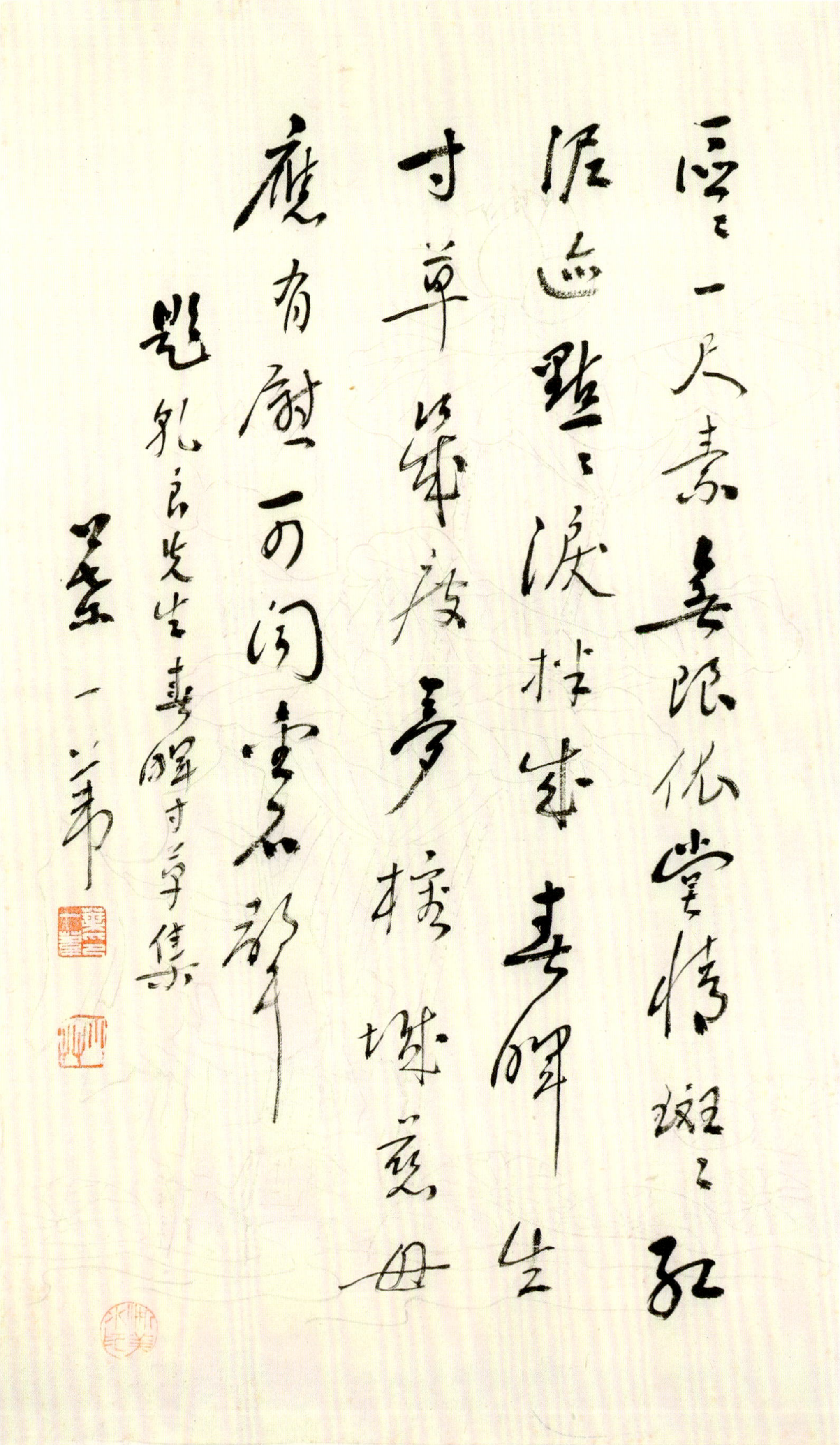
題
乾良先生壽鉢寸草集
葉一葦

葉一葦致林乾良詩札

區區一尺素，無限依堂情。
斑斑紅泥迹，點點淚拌成。
春暉生寸草，幾度夢榕城。
慈母應有慰，可聞金石聲。

題乾良先生《春暉寸草集》。

葉一葦。

鈐印：葉一葦印、小艸

葉一葦（一九一八—二〇一三），字航之，號縱如，別署熟溪子、龍馬山人。浙江武義人。曾任浙江省書協顧問，浙江省文史研究館館員，杭州市政協詩社副社長，曾被浙江省人民政府授予『有突出貢獻的老文藝家』金質獎章，曾獲『西泠印社終身成就獎』。著有《篆刻叢談》《中國篆刻史》《一葦詩詞選》《中國的篆刻藝術與技巧》《篆刻叢談續集》《篆刻趣談》《雕蟲札記》《篆刻欣賞》《一葦印話》《一葦印踪》《篆刻學》《孤琴篆刻譜》等。一九八四年加入西泠印社，曾任理事。

21

0001

上海人民美術工場用箋

黎文同志：

美術工場業務發展，近須增添業務幹部兩人。錢大昕、陳揆百兩同志均經我們詳細了解過，錢係美術協會會員，政治上純潔，平時工作亦表現積極。陳在本場幫助工作已近一月，在工作上表現亦很好。他的歷史已經東北魯藝學院院長王曼碩同志（老黨員）證明。現將其表格自傳、證件附上，請考慮。

敬禮

錢大昕同志八月[illegible]

柔堅 八月

沈柔堅致黎文書札

黎文同志：

美術工場叶（業）務發展，近須增添叶（業）務幹部兩人。錢大昕、陳揆百兩同志均經我們深入瞭解過。錢係美協會員，政治上純潔，平時工作亦表現積極。陳在工場臨時幫助工作已近一月，在工作上表現亦很好，他的歷史已得東北魯藝院長王曼碩同志（老黨員）證明。現將其表格、自傳、證件附上，請攷慮。

敬禮！

錢大昕同志自傳未寫好，月底補交。柔堅。15/1。

沈柔堅（一九一九—一九九八），福建詔安人。曾任上海大學美術學院教授、中國美協常務理事、上海分會副主席、中國版畫家協會副主席、中國文聯委員，上海市文聯副主席，《辭海》美術科目主編。曾獲『中國新興版畫杰出貢獻獎』。出版有《沈柔堅畫集》《歐行寫生小輯》《沈柔堅速寫》等，主編有《中國美術辭典》。一九七九年加入西泠印社，曾任理事。

上款人黎文生平不詳。

白墅同志：久未通信，为念。前月
寄上小页拟作书刊，不知可否？为念。南京
天气特热，大家都在搞献国庆
大幅画，在本月20日前要完成，故今年大
作品要九月中动手了。今夏小页以后
秋凉后有佳作当再送给他指教也。如
果陈列的太湖小景，喜爱的话可以送
给他。峡江之晨、虞山、献给的情况如何
便中请告知。此致
敬礼

弟 文治
八月十三日

15×20＝300　江苏人民出版社

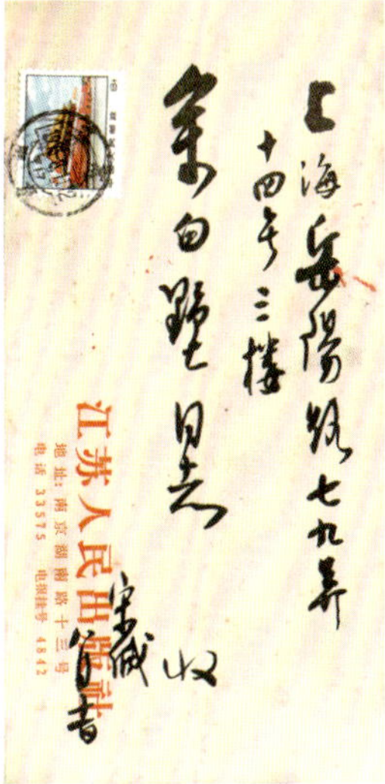

宋文治致余白墅書札

白墅同志你好：久未通信，爲念。前月寄上小頁拙作，未知收到否？爲念。南京天氣特熱，大家都在趕製國慶大幅畫，在本月二十日前要完成。加拿大作品要九月中動手了。令愛小頁以後秋涼後有佳作當再送給他指教也。如果陳列的《太湖小景》喜愛的話，可以送給他。《峽江之晨》《廬山》製版情况如何？便中請告知一二。致

敬禮！弟文治頓首。八月十一日。

宋文治（一九一九—一九九九），江蘇太倉人。曾任南京大學教授、江蘇省美協副主席、江蘇省國畫院副院長等職。出版有《宋文治畫集》《宋文治作品選集》等。一九七九年加入西泠印社。

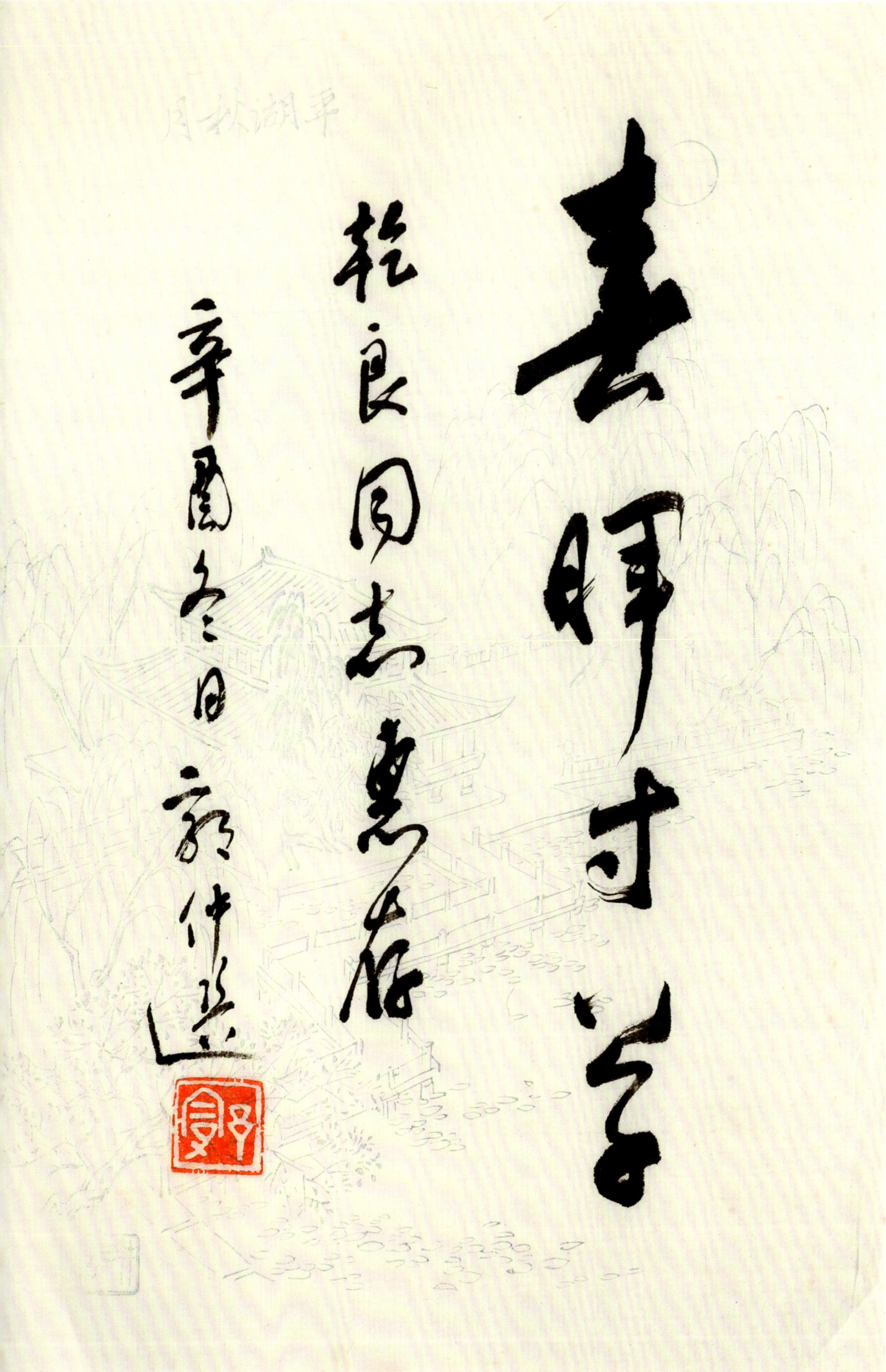
平湖秋月
春暉寸草
乾良同志惠存
辛酉冬日 郭仲選

郭仲選致林乾良題辭

春暉寸草。

乾良同志惠存。

辛酉冬日，郭仲選。

鈐印：郭

郭仲選（一九一九—二〇〇八），山東蒼山人。曾任中共杭州市委宣傳部副部長、市委副秘書長、市委黨校黨委書記、統戰部部長，杭州市政協副主席，中國書協理事、浙江省書協主席，浙江省文史研究館館長等。撰有《讀畫禪室隨筆》《清相秀骨話香光》等文，出版有《夕照軒書畫集》等。一九七九年加入西泠印社，曾任常務副社長。

孫曉泉

孫曉泉致林乾良題辭

寸草。

孫曉泉。

鈐印：孫曉泉

孫曉泉（一九一九—二〇一五），山東臨沂人。曾任中共杭州市委宣傳部副部長、杭州市文化局局長、浙江省文聯副主席，中國作家協會浙江分會副主席，《西湖》主編，杭州黄賓虹學術研究會名譽會長等。出版有《西湖民間故事》《仰天長嘯》《情繫虹廬》《橘園雜記》《西泠情愫》《湖上吟草》《西泠詩叢》等。一九六三年加入西泠印社，曾任副社長兼秘書長。

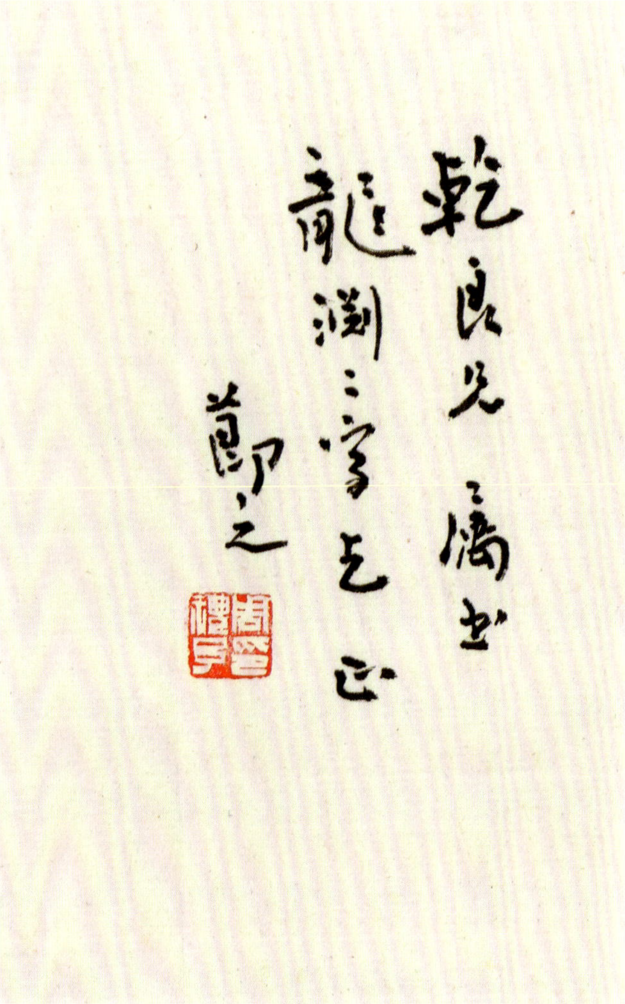
乾良兄屬書
龍淵二字乞正
節之

周節之致林乾良書札

乾良兄：屬書「龍淵」二字，乞　正。

節之。

鈐印：周禮子印

周節之（一九二〇—二〇〇八），原名禮子，號息柯、雪柯。浙江寧波人。曾任中國書協會員、浙江省書協篆刻創作委員會顧問、寧波書畫院畫師。出版有《周節之印存》。一九八四年加入西泠印社。

第　页共　页

吉甫同志：

信接到，我很感谢阁下对我深厚的友谊。我画的九个小册，本是画稿，今春已答应由河南人民出版社出版，稿已取走，请为上海出版负责同志解说下。阁下所著印学书籍出版后希告知，以便及时告知有关同志勿失良机。我最近仍在京友谊宾馆作画兼帮助拍制"花鸟画"的影片，虽紧张但很愉快。您如有暇可为我画一二角小幅花卉，太忙则罢。此致

敬礼

孙其峰 1978 11.6.

北京市电车公司印刷厂出品 七五·十一

(1432) 20×20=400

孫其峰致丁吉甫書札

吉甫同志：

信接到，我很感謝閣下爲我説項的友誼。我畫的幾个小册，本是畫稿。今春已答應由河南人民出版社出版，稿已取走。請爲上海出版負責同志解説一下。閣下所著印學書籍出版後希告知，以便及時告知有關同志勿失良機。我最近仍在京友誼賓館作畫兼幫助拍製『花寫畫』的影片，雖緊張但很愉快。您如有暇可爲我畫一六開小幅花卉，太忙則罷。此致

敬禮！

孫其峯。1978.11.6。

孫其峰（一九二〇—二〇二三），原名奇峰，曾用名琪峰，別署雙槐樓主、求异存同齋主。山東招遠人。曾任天津美術學院副院長、天津市美協副主席、天津市書協副主席、文化部中國畫研究院院部委員、中國美協理事、中國書協理事等職。著有《孫其峰畫輯》《孫其峰畫集》《花鳥畫譜》《孔雀畫譜》《中國畫技法》《花鳥畫構圖手稿》等。曾獲『中國美術獎終身成就獎』『中國書法蘭亭獎終身成就獎』『中國造型表演藝術成就獎』『天津美術學院美術教育終身成就獎』『西泠印社終身成就獎』。一九九一年加入西泠印社，曾任理事。

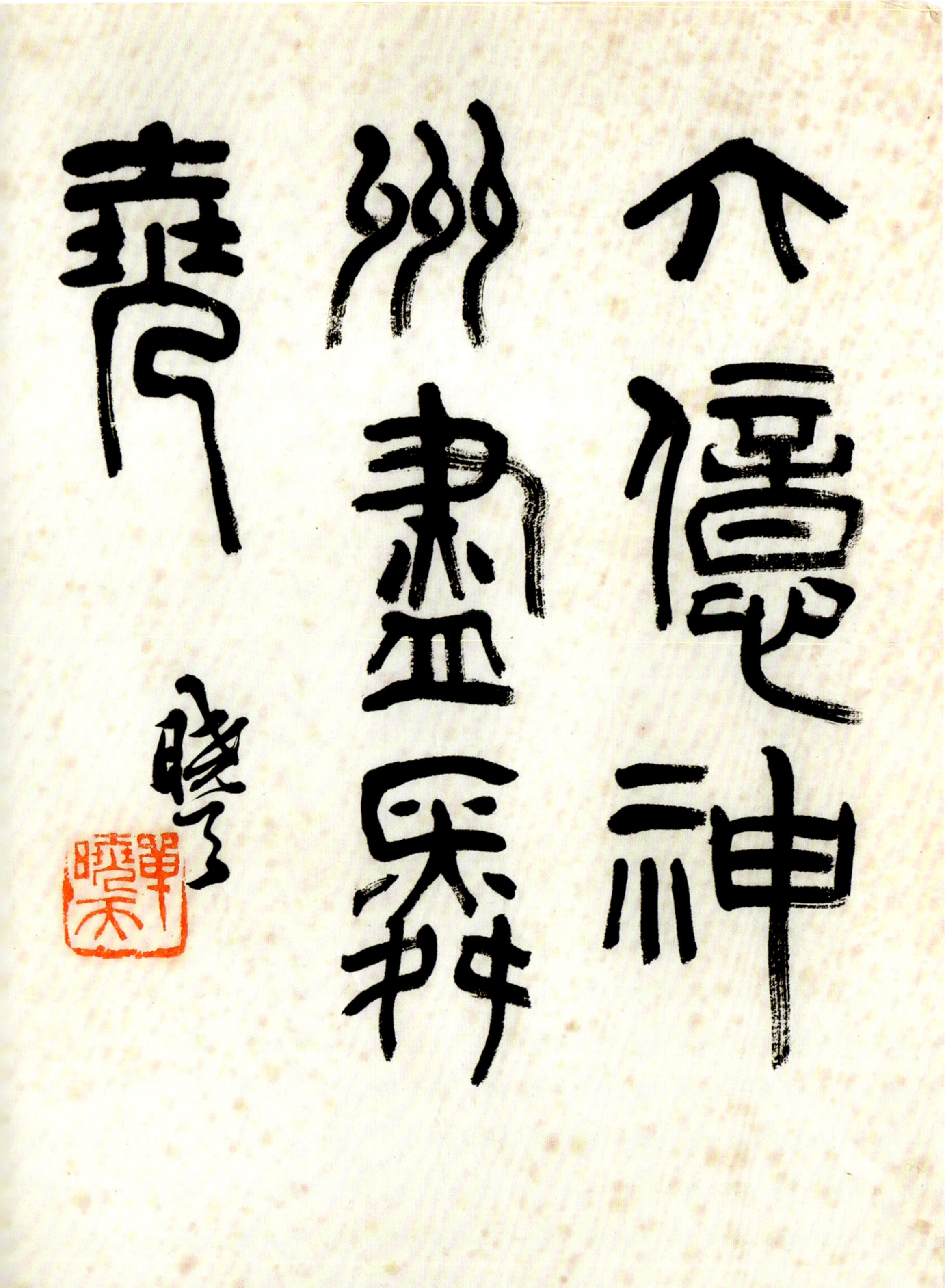

單曉天小品

六億神州盡舜堯。

曉天。

鈐印：單曉天

單曉天（一九二一——一九八七），原名孝天，字琴宰，一字寄闇，別署渴廬、春滿樓主。浙江紹興人。曾任上海市政協委員、中國書協會員、上海市書協常務理事、上海市語言文字工作者協會常務理事。出版有《魯迅詩歌印譜》《曉天印稿》《單曉天臨鍾王小楷八種》，小楷《唐詩廿八首》，隸書《魯迅詩歌選》、《小學生字帖》（二）、《青年唐詩習字帖》等。一九六四年加入西泠印社。

紀龍同志大鑒

大札及大作已收到一段日子了，因病依不痊，不能用腦，所以不及復覆，望勿罪。蒙錯愛囑題畫，使我十分汗顏，經過批林批孔運動之後，使我有所提高，認識到不能這樣亂塗亂畫，以前把這種作品去影響青年及其他美術工作者，心中十分難過，所以希望你不要像這種那樣，多描寫一些工農兵英雄形象，我自己也在你的鼓勵下，待身體好一些，再試新作答謝美意，說得不妥，至希見原。

並致

敬禮

十髮

三月十六日下午

代致向丕奪先生問好。

程十髮致方紀龍書札

紀龍同志大鑒：

大札及大作已收到一月了，因病體不痊，不能用腦，所以不及敬覆，望勿罪。蒙錯愛，臨摹拙畫，使我十分汗顔。經過『批林批孔』運動之後，使我有所提高，認識到不能這樣亂塗亂畫。以前把這種作品去影響青年及其他美術工作者，心中十分難過，所以希望您不要臨這種東西，多描寫一些工農兵英雄形象。我自己也在您的鼓勵下，待身體好一些，再試新作答謝關懷。説得不妥，至望原諒。遥致敬禮！十髮。三月十六日下午。

代懇向

子奮先生問好。

程十髮（一九二一—二〇〇七），名潼，齋名步鯨樓、不教一日閑過齋、三釜書屋、修竹遠山樓等。上海人。曾任中國美協理事、全國文聯委員、中國畫研究院院務委員、上海中國畫院院長。出版有《程十髮畫選》《程十髮近作選》《程十髮花鳥習作選》《程十髮畫集》等。又出版有連環畫作品《畫皮》《儒林外史》《野猪林》《孔乙己》等多種。一九六三年加入西泠印社，曾任副社長。

上款人方紀龍（一九四二—　），室名返樸齋。福建莆田人。曾任莆田市外語教研會副理事長、莆田市政協委員、涵江區政協常委、中華詩詞學會會員、福建省美協會員，福建省書協會員、福建省文史研究館館員、福州畫院特聘畫師等。出版有《方紀龍花鳥畫集》《方紀龍詩詞書法集》《畫菊入門》《返樸齋文存》《方紀龍國畫作品優選》《白描花卉》《趙玉林方紀龍詩書畫集》《方紀龍百菊圖》等。

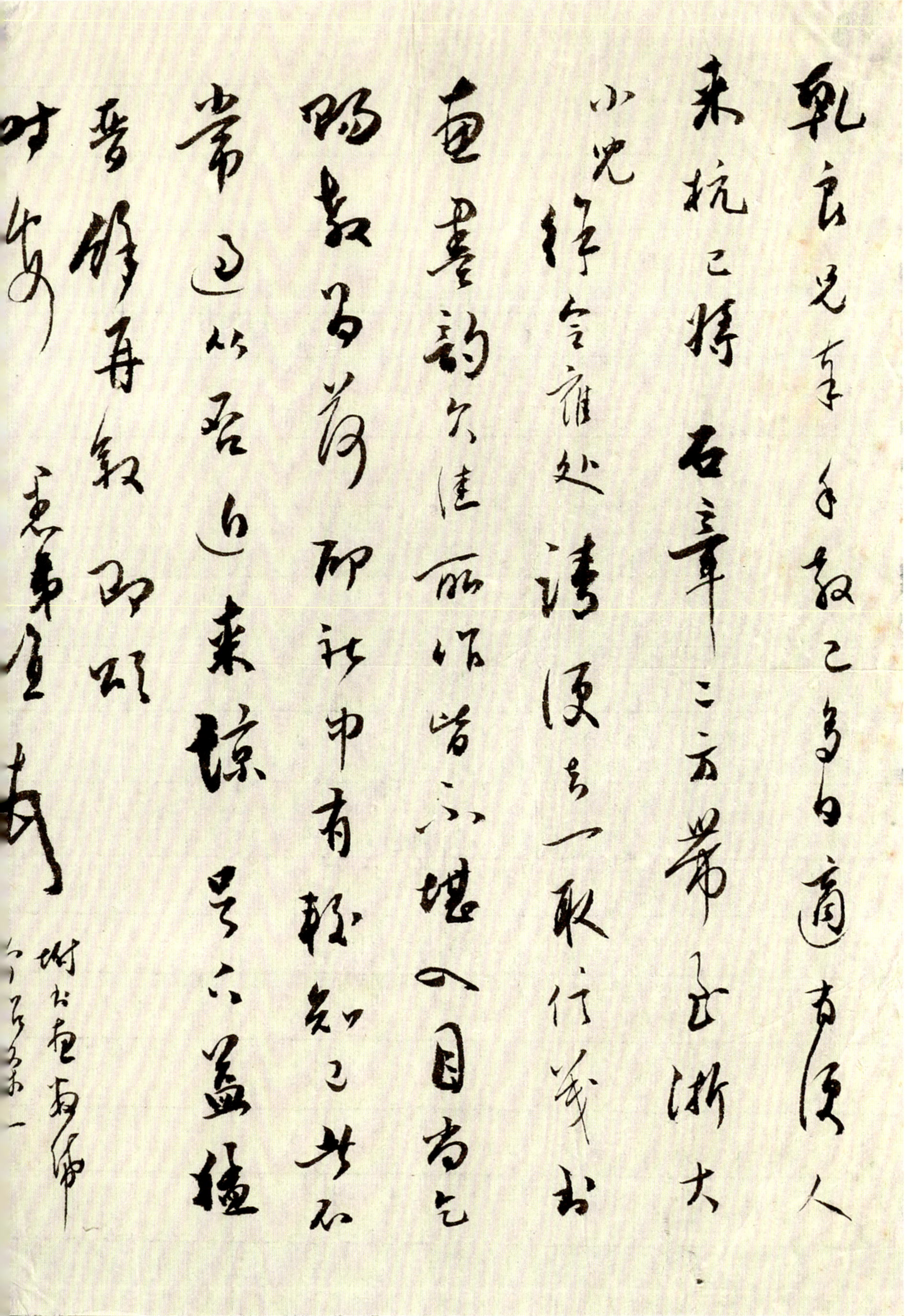

徐植致林乾良書札

乾良兄：奉手教已多日，適有便人來杭，已將石章二方帶至浙大小兒徐令雍處，請便去一取。信箋書畫墨韵欠佳，所作皆不堪入目，尚乞賜教爲荷。印社中有較知已者不？常過從否？近來諒足下益猛晉。餘再叙。即頌時安。愚弟植頓首。

坿書畫數帋，介紹條一。

徐植（一九二一—二〇一四），字慕熙，別名家植，別署半規齋。湖南長沙人。曾任上海市文史研究館館員，中國書協會員。一九七九年加入西泠印社。

林乾良
金鑒之 先生：

本人適在青島小驛，印社來函今天（十月廿日）才轉到，函填表付郵、希能通融辦理，以在家中、一無資料，只將在青印作選錄二方湊數，乞原諒為幸。

专此即頌

撰祺

劉廼中 拜啓

一九九九、十月廿

如有復函請仍寄吉林

劉廼中致林乾良書札

林乾良、金贇之先生：

本人適在青島小駐，印社來函今天（十月廿日）纔轉到，亟填表付郵，希能通融辦理。以在客中，一無資料，只將在青印作選鈐二方湊數，乞亮詧爲幸。專此。即頌

撰祺。劉廼中拜啓。一九九九、十月廿日。

如有復函，請仍寄吉林。

鈐印：漢寬

劉廼中（一九二一—二〇一五），字漢寬，晚號古柳逸民，室號無門限齋。天津楊柳青人。曾任吉林市圖書館副館長，中國書協會員、吉林省文史研究館館員、吉林北華大學客座教授。出版有《劉廼中印存》《劉廼中書法篆刻集》《劉廼中藝事叢脞》《劉廼中漢篆千字文》。一九九四年加入西泠印社。

羽陽
千歲

高式熊小品

羽陽千歲。

鈐印：式熊

高式熊（一九二一—二〇一九），浙江鄞縣人。曾任中國書協會員、上海市書協名譽主席、上海市文史研究館館員、棠柏印社社長。是國家級非物質文化遺産項目印泥製作技藝（上海魯庵印泥）代表性傳承人。二〇一八年被授予『中國文聯終身成就書法家』榮譽稱號。著有《茶經印譜》《西泠印社同人印傳》《式熊印稿》《太倉勝迹印譜》《高式熊篆刻集》等。一九四八年加入西泠印社，曾任理事、副秘書長、名譽副社長。

叠奉

手書敬悉題簽承即擲下至感丹青一印經

改刀邊更逼似小鉨甚佩々々小山詞印篆

示畫宜平而合宋制此爲樸前所未曾注意者吾

丈誨人不倦凡有缺點一一指出獲益匪淺深感

德惠茲將該印略爲修平再寄

詧閱審定孫鴻老已晤及匆上

倩菴仁丈座右　晚樸叩

四·三·

吴樸堂致吴湖帆書札

叠奉

手書，敬悉。題簽承即擲下，至感！『丹青』一印經改刀後，更逼似小鉩，甚佩甚佩！小山詞印蒙

示，畫宜平而合宋制，此爲樸前所未曾注意者。吾

丈誨人不倦，凡有缺點一一指出，獲益匪淺，深感

德惠！兹將該印畧為修平，再寄

詧閱審定。孫鴻老已晤及。匆上

倩菴仁丈座茾。晚樸叩。四、三。

吴樸堂（一九二二—一九六六），名樸，字樸堂，號厚庵。浙江紹興人。曾任南京總統府印鑄局技正。中華人民共和國成立後，曾任上海博物館徵集編目組組長。著有《小璽彙存》《吴樸堂印選》《樸堂印稿》《古巴諺語印譜》《瞿秋白筆名印譜》等。西泠印社早期社員。

為峰静友文几前承雄翰而往来
每日遮接為念
当此先生芋暇諸已復記軍上
之正令佳弟奇奇軍畫不勝拜
敢草草一侯来月期详傍言一
謹此而拜寄塵教又安頓見

宗嵩同志兄代問候孟姐者
家薔家初定寄抽版专拜
為 丑三月二回〇

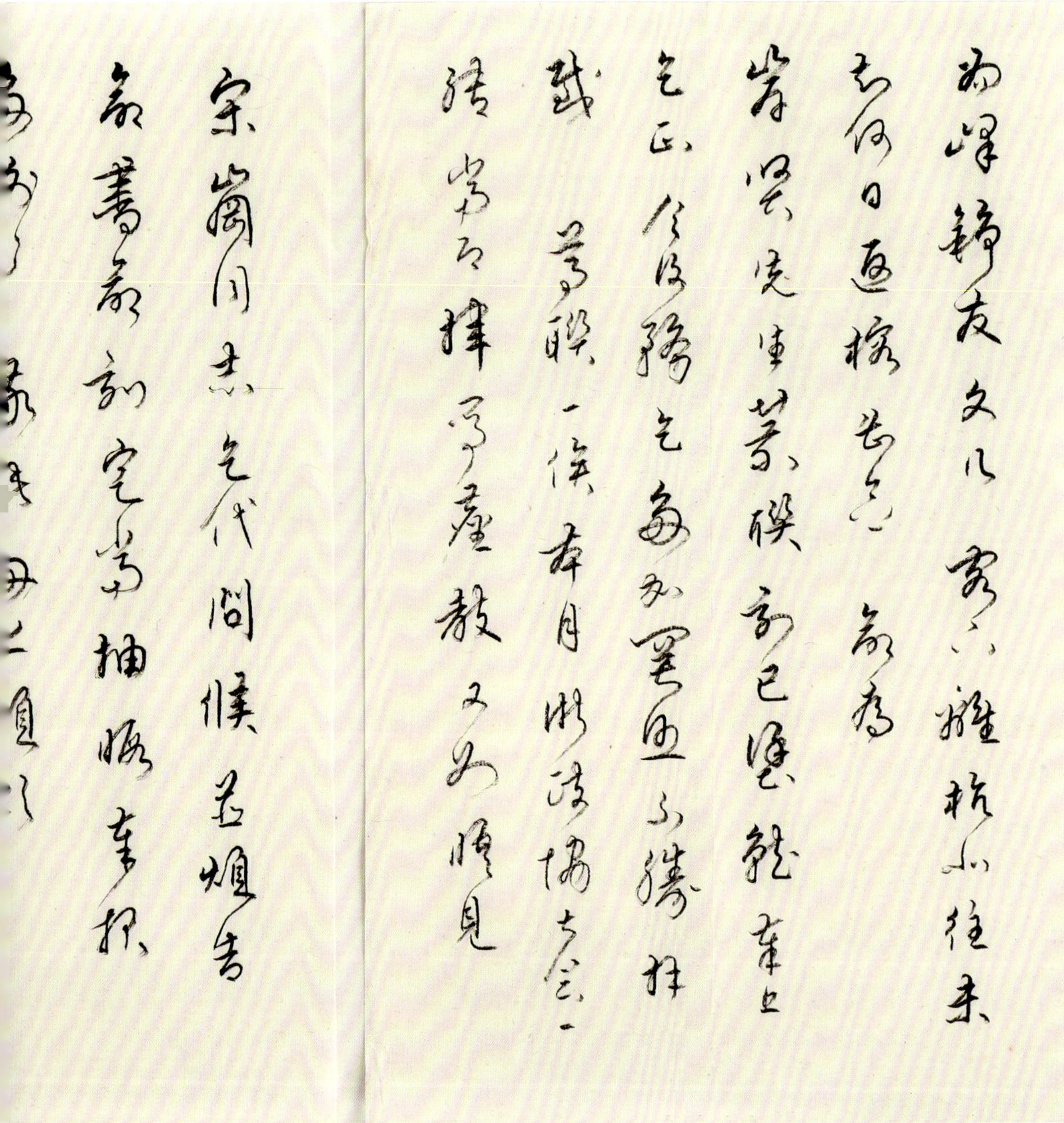

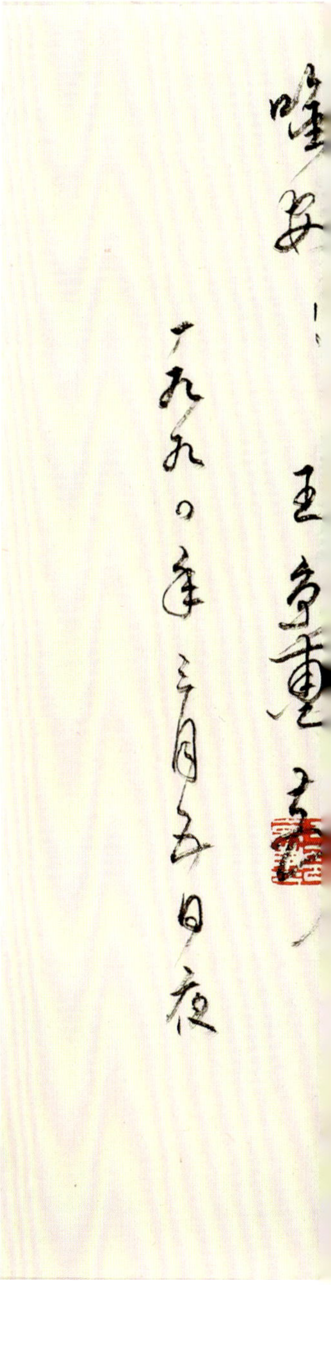

王京盙致盧爲峰書札

為峰錚友文几：客下離杭北往，未知何日返榕，甚念。 命為岸賢先生篆聯，刻已塗就，奉上乞正。今後務乞多加關照，不勝拜感。 尊聯一俟本月浙政協大會一結，當即揮寫塵教。又，如晤見宋崗同志，乞代問候，並煩告， 命書命刻定當抽暇奉報，多謝多謝！敬此匆上。順頌唫安！ 王京盙頓首。

一九九〇年三月五日夜。

鈐印：王京盙印

王京盙（一九二二—一九九六），字勁父，號澂翁，又號鐵翁，別署守正樓主、寶敦樓丁、力學齋主、慈湖外史。浙江寧波人，生于杭州。曾任浙江省文史研究館館員、中國書協會員、浙江省書協顧問、浙江九三文瀾藝苑副會長等。編著有《寶敦樓隨筆》《藝風堂友朋小傳》《篆刻要旨》《説文解字二百例》《百壽圖印譜》等。一九八四年加入西泠印社。

上款人盧爲峰（一九六四— ），號容堂，室名掬漚室。福建福州人。現爲福州市政協委員、福州市政協文史委副主任、福建省政協文史研究員、福建省民協副主席、福建省傳記文學學會副會長、福建省書畫藝術研究會副會長、福州市民協主席。著有《掬漚室韵語》《坊巷翰墨》等，主編有《福州歌謠集成》《福州諺語集成》《龍珠畫苑遺珍》等。

方去疾小品

迎春。

丙寅冬至，

去疾。

鈐印：方去疾

方去疾（一九二二—二〇〇一），原名痃，改名正孚、超、之木，號心齋，室名四角草堂、宋壐齋、岳陽書樓等。浙江温州人。曾任中國書協副主席，上海市文聯副主席等職。編訂出版有《明清篆刻流派印譜》，出版有《去疾印稿》《四角亭泥古》《方去疾篆唐詩》等。西泠印社早期社員，曾任副社長。

寒川兄、
惠書奉悉，均經拜讀。
辱蒙過任仍《方岩志》
主編一席，《龍游兩
館》已逾期。
此刊長高樹勳再
壽家。現為方家都行帖。
有如寫任之拜云三年
知己已。

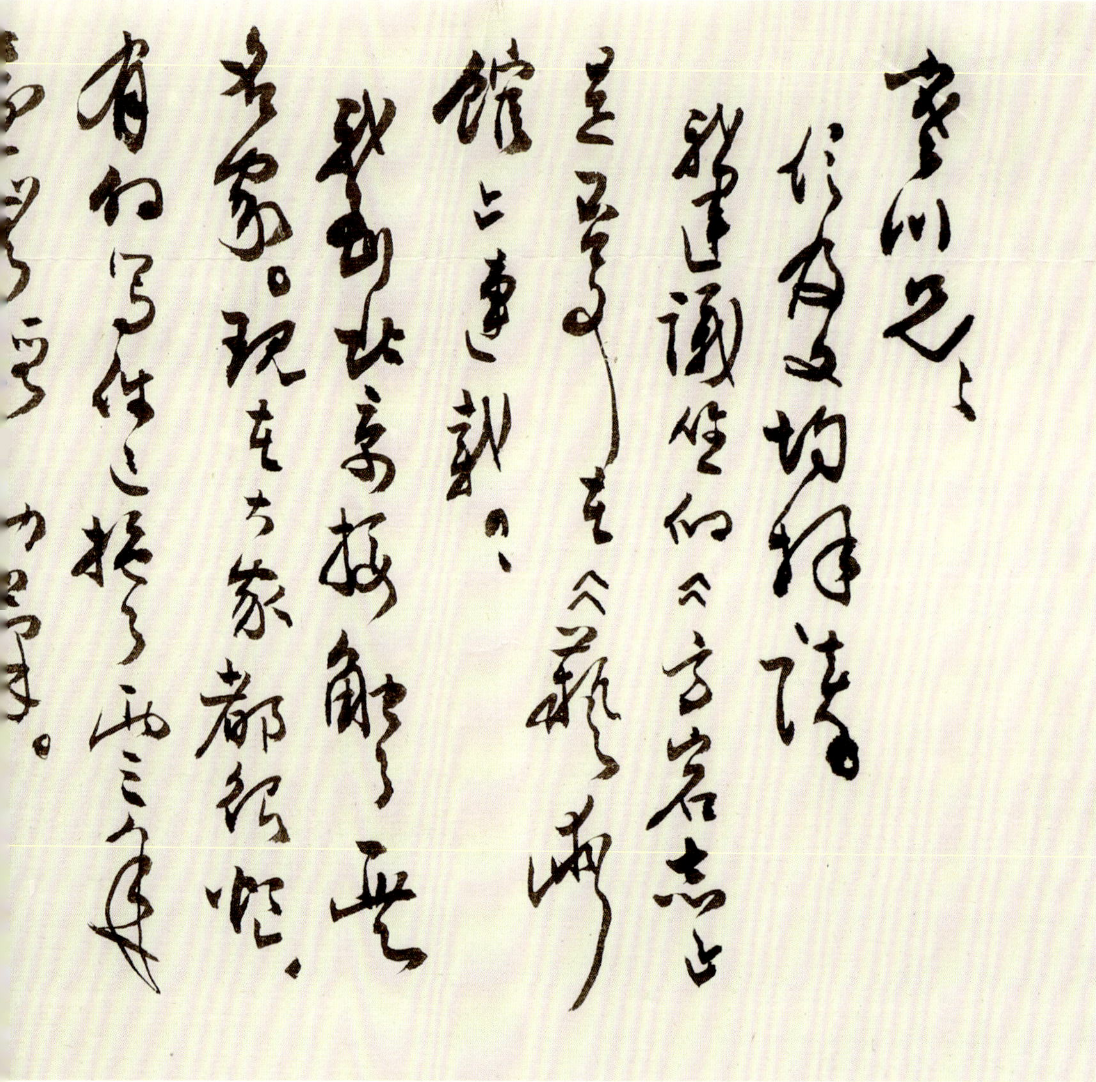

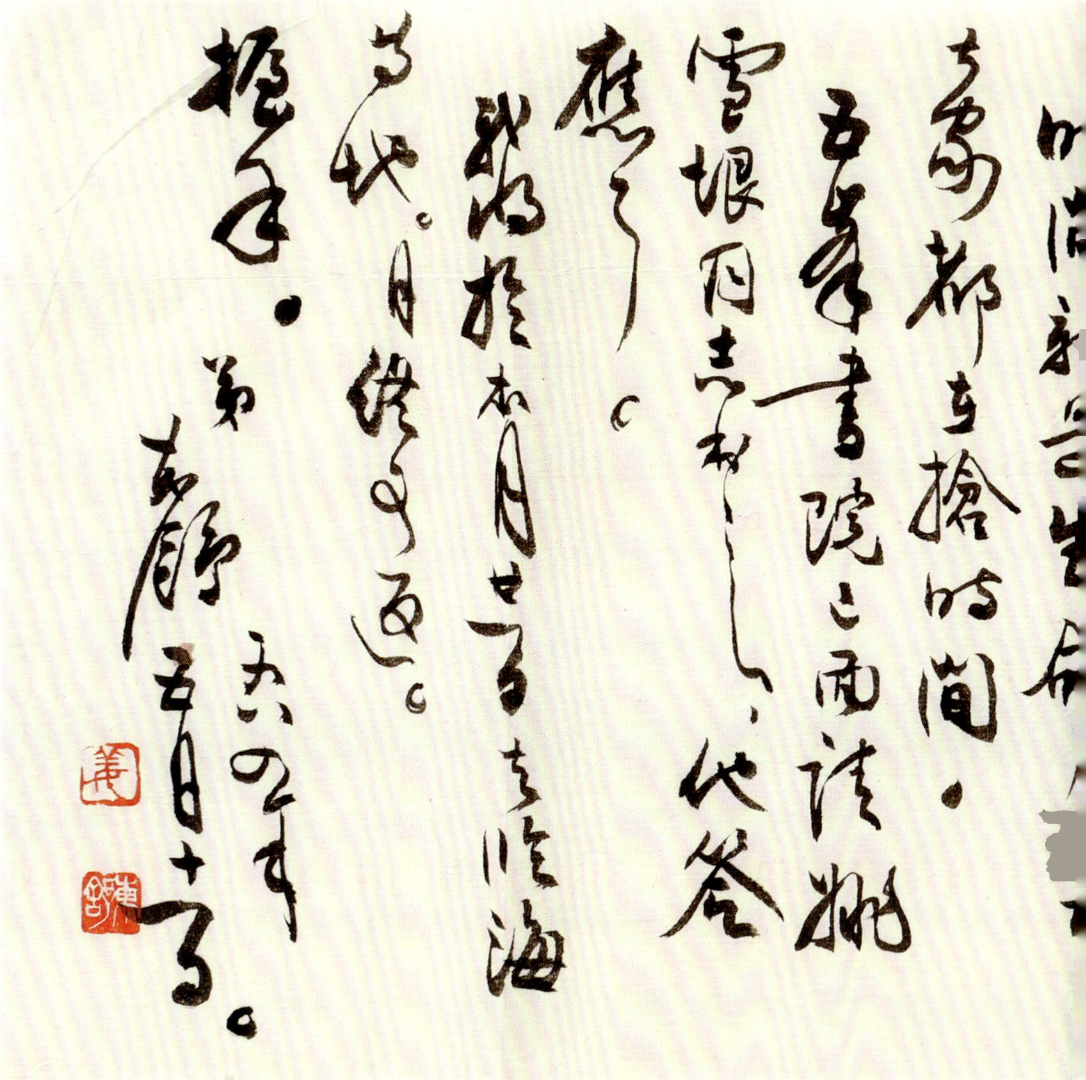

姜東舒致陳寒川書札

寒川兄：

信及文均拜讀。

我建議您的《方岩志》是否可在《藝術館》連載？

我到北京接觸了一些名家。現在大家都很忙，有的寫件已拖了兩三年還無暇動筆。

時間就是生命。現在大家都在搶時間。

五峯書院已面請姚雪垠同志書之，他答應了。

我將於本月廿一日去臨海等地，月終可返。

握手。弟東舒。一九八四年五月十一日。

鈐印：姜、東舒

姜東舒（一九二三—二〇〇八），山東乳山人。曾任中國硬筆書協主席、浙江省錢江書法研究會會長、文瀾書畫社社長、山東《羲之書畫報》名譽社長等。出版有《姜東舒詩集》《姜東舒書法》，散文集《女運糧》等。出版字帖《前後赤壁賦》《永州八記》《唐詩十首》《岑奇詩抄》《書譜》《學生魏碑字帖》等。一九七九年加入西泠印社。

上款人陳寒川（一九三二—　），浙江永康人。曾任第六、七、八屆永康市政協常委、文史委副主任，中國工藝美術學會收藏家委員會會員，中國近現代史史料學學會會員，浙江省社會科學聯合會歷史、考古、博物館學等學會會員，永康市藏書協會顧問等。著有《獨樂軒集》等。

勤奮

小平研究员属

乙未五月

陳佩秋

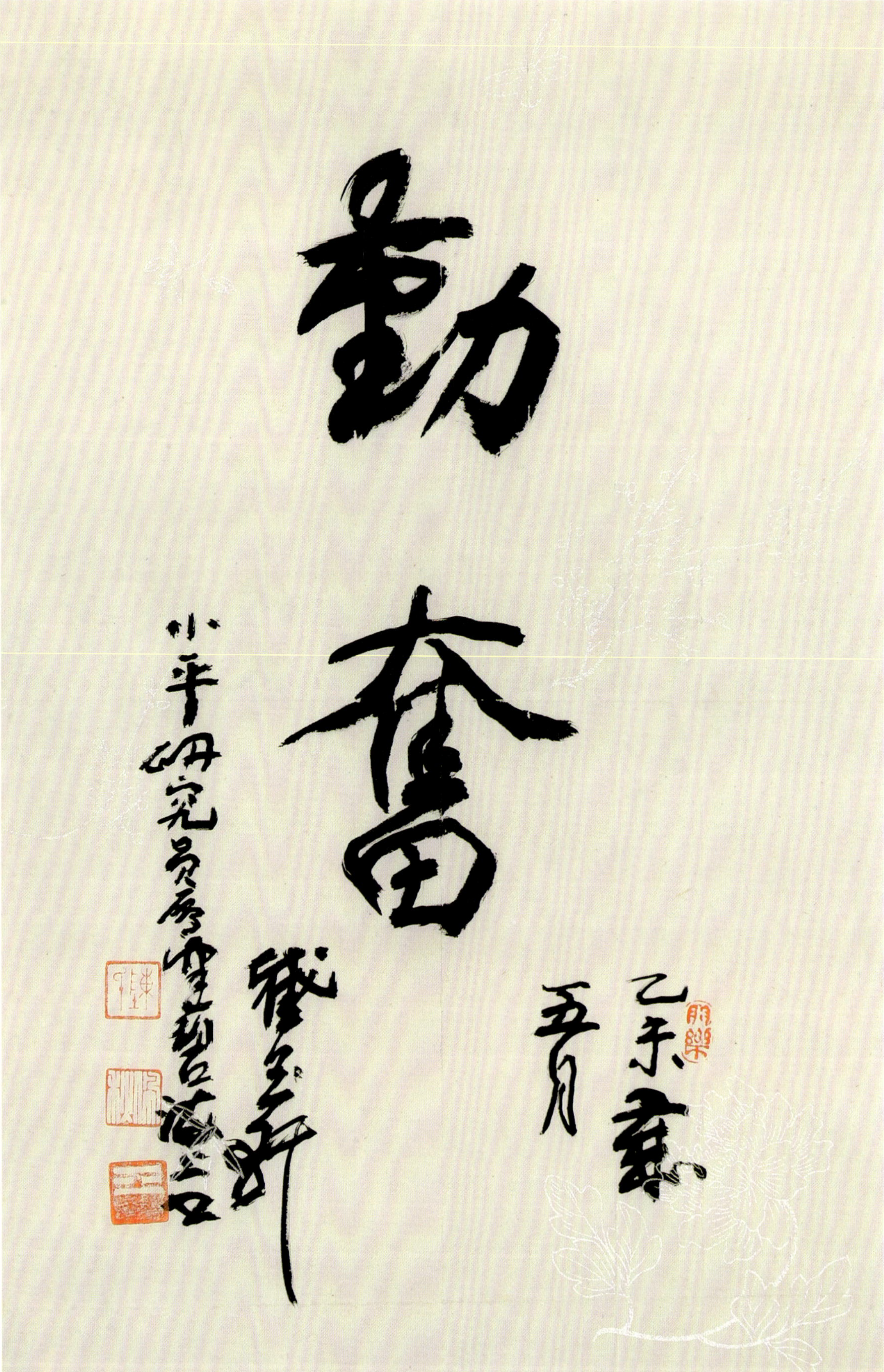

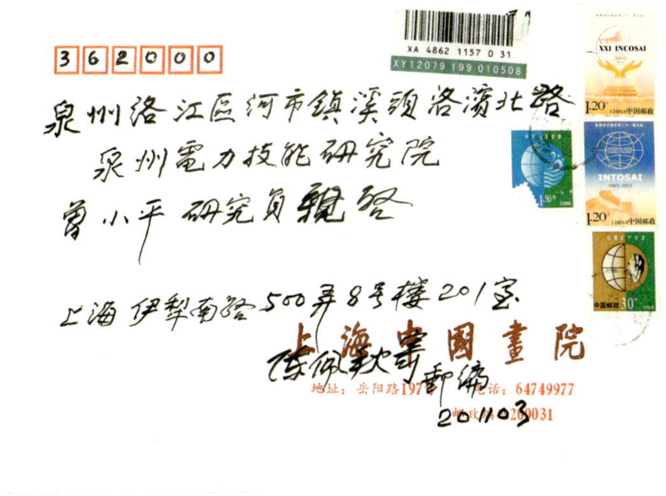

陳佩秋小品

勤奮。

乙未歲五月，截玉軒。

小平研究員屬，健碧海上書。

鈐印：朋樂、陳氏、佩秋

陳佩秋（一九二三—二〇二〇），字健碧，室名秋蘭室、高華閣、截玉軒。河南南陽人。曾任上海大學美術學院兼職教授、中國美協會員、上海中國畫院畫師及藝術顧問、上海市美協理事及藝術顧問、上海書協理事及藝術顧問、上海市文史研究館館員。出版有《陳佩秋畫集》《陳佩秋書畫集》《陳佩秋山水花卉扇册》《榮寶齋畫譜二六——陳佩秋山水》《近現代中國畫名家——陳佩秋》等。曾獲第六屆『上海文學藝術獎終身成就獎』『西泠印社終身成就獎』。一九七九年加入西泠印社，曾任理事。

乙卯夏日子順先生枕來禾
話及蹙醫師述子並出所作鵝
鵝天一詞係諸丙賦一闋曰畫白
狗前驚往邊江頭誰著鸖長羊
廦頃煙雨閒心過廬外風遠
珠裏看君遠逢君話舊弹屋屬
顏散数酒挥塵免付師友夢
相同遲牱情吟雨袖窓
龍良老友必多正好

張振

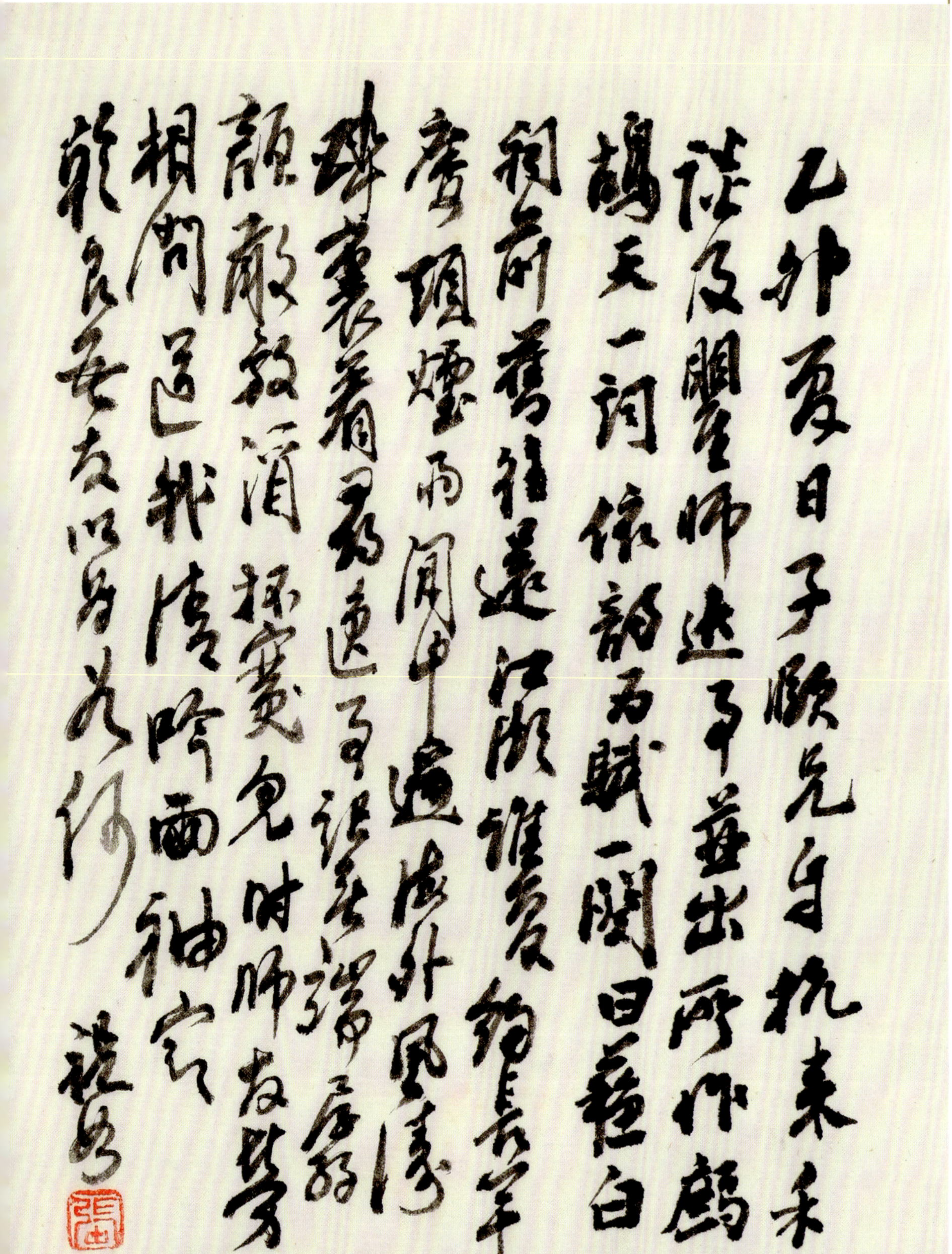

張振維致林乾良書札

乙卯夏日，子頤兄自杭來禾，談及瞿師逸事，並出所作《鷓鴣天》一詞，依韵爲賦一闋曰：『蘊白祠前舊往還，江湖誰復釣長竿？廛頭煙雨閒中過，海外風濤醉裏看。尋逸事，記無端，孱顔敢放酒杯寬。兒時師友勞相問，道我清吟兩袖寒。』

乾良吾友以爲如何？祝如。

鈐印：張

張振維（一九二四—一九九二），字祝如，號沉非，齋名拜虹廬。浙江安吉人，寓居浙江嘉興。曾任嘉興市圖書館館長、鴛鴦湖詩社理事長。著有《拜虹廬詩詞選》。一九八〇年加入西泠印社。

重今兄：

寄上拙作兩幅。實在不相干。等先自離到可上眼東西再奉上指教。何況。原是好坏不識。俟一些圖。待此寄郵……

亞明致郁重今書札

重今同志：

寄上拙作兩幅。實在不相干。等它日碰到可上眼東西再奉上指教。印泥，我是好壞不識，您定吧，什麼樣都行。

致

敬禮！ 弟亞明，二月廿8日。

地址：南京前進東巷23號亞明（貴社還有一同志的名字我查不到了，盼告。）

亞明（一九二四—二〇〇二），原姓葉，名家炳，號敬植，後改亞明。安徽合肥人。曾任無錫市美協主席、江蘇省美術工作室主任、華東美協理事、江蘇省國畫院副院長、中國美協江蘇分會主席、中國美協常務理事、香港《文匯報》中國畫版主編，南京大學藝術研究中心教授。出版有《訪蘇畫輯》《亞明作品選集》《亞明畫集》《三湘四水集》《亞明近作選集》《當代名家中國畫——亞明》等。一九七九年加入西泠印社，曾任理事。

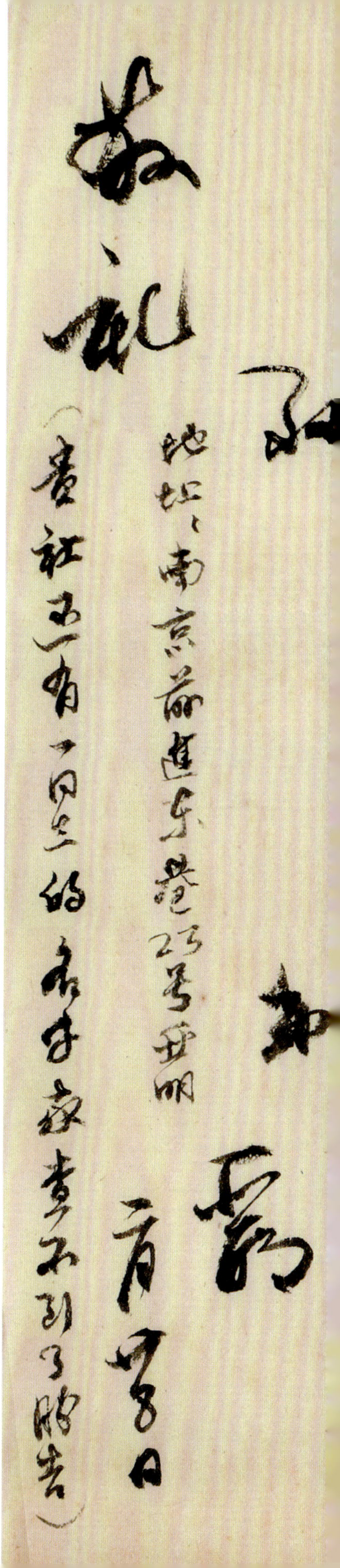

一九五三年八月廿六日在山西得古钩三十五件 前检出七件送与
徐邦兄留念 其中11 20 26 29 32 36 六件于铜墙沟的铜墙
沟在山西大同西南六十里 11为镶绿红色钩纹饰件 和古钱宗
后汉时代未详 20 26 29为红胎钩纹饰时代据考稍战国之际
14 36 为唐钩 前后时代推测和 12于荣华兄所得 叶华
定为一二号 地在山西大同西四十里 印雪岗 西南八里许出为
镶绿红色钩 纹饰时代未详

王伯敏
一九五三年十一月 在北京

王伯敏題跋

一九五三年八月廿六日在山西得古匋三十多片，茲檢出七片送與陳朗兄留念。其中17、20、26、28、34、36六片於銀塘溝所得。銀塘溝在山西大同西南六十里。17爲泥質紅色匋，繩紋，片裡有篾條壓紋，時代未詳。20、26、28爲紅胎匋，繩紋，時代擬春秋戰國之際。34、36爲灰匋，布紋，時代擬漢初。12於榮華皀所得，榮華皀爲一高地，在山西大同西四十里，即雲崗西南八里許。此爲泥質紅色匋，繩紋，時代未詳。王伯敏。一九五三年十一月在北京。

王伯敏（一九二四—二〇一三），別名柏閔，筆名田宿蘗，齋號半唐齋。浙江台州人。曾任中國美術學院教授、美術學博士生導師，杭州畫院名譽院長等。曾被國務院授予「有突出貢獻的專家學者」榮譽稱號，是中國美術史學科研究領域杰出帶頭人。曾獲「西泠印社終身成就獎」。著有《中國繪畫通史》《中國美術通史》《柏閔論詩》《山水紀游》等。一九七九年加入西泠印社，曾任理事。

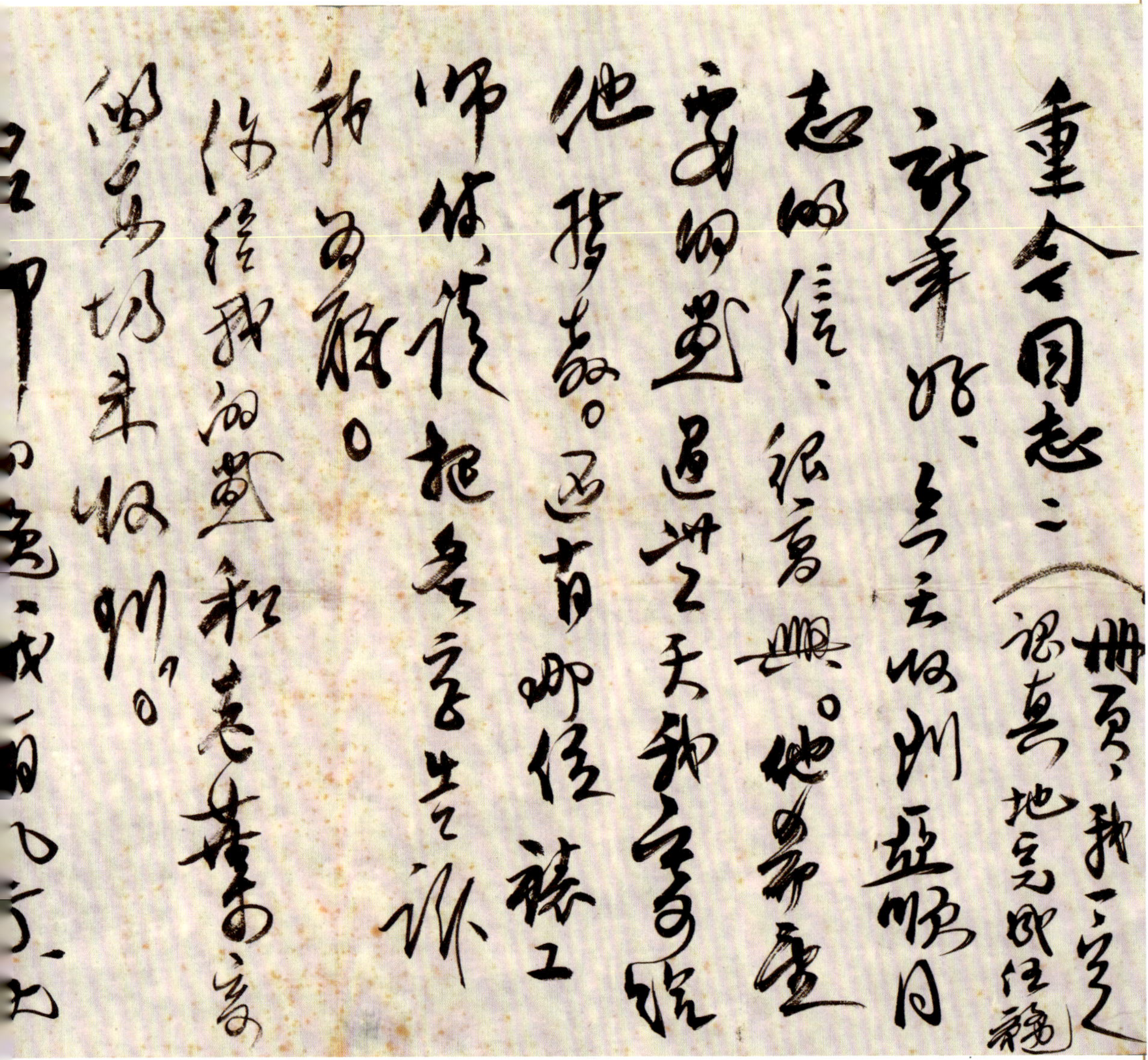
重今同志：

新年好，去年收到盛明月

志的信、很高興。他要我

畫的畫選出之天我和他合作

他舉辦。近有幾位核工

部保護起來要告訴

我為難。

你信我的畫和老某某家

們也將來收到。

（冊頁，我一定認真地完成任務）

[illegible]

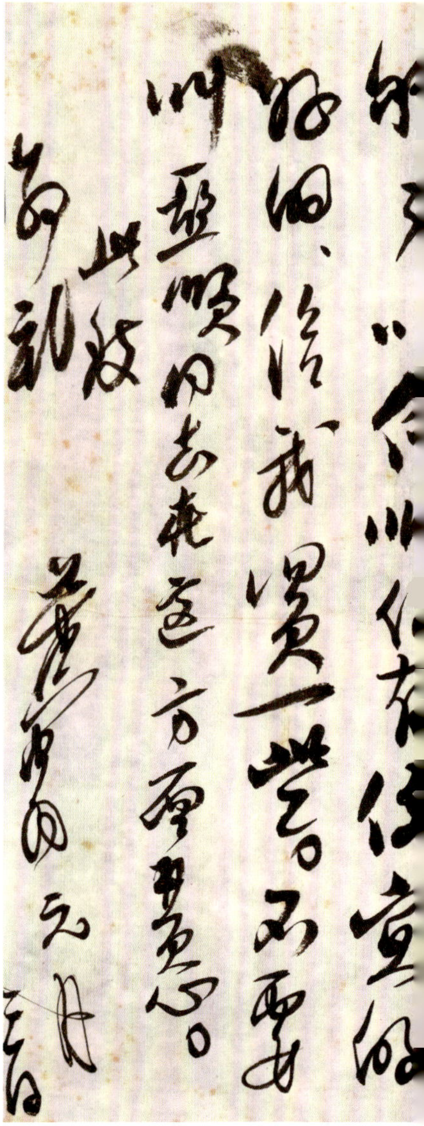

黃胄致郁重今書札

重今同志：

新年好！今天收到亞順同志的信，很高興。他希望要的畫過些天我寄給他指教。還有那位裱工師付，請把名字告訴我爲盼。

你給我的畫和老葉寄的東（西）均未收到。

石印問題，我有幾方就够了。以後順便有便宜的、好的，給我買一些。不要叫亞順同志在這方面費心。

此致

敬禮！黃胄。元月三日。

（冊頁，我一定認真地完成任務。）

黃胄（一九二五—一九九七），原名梁淦堂，字映齋，筆名黃胄。河北蠡縣人。曾任第六、七屆全國政協委員，第八屆全國政協常務委員、中國美協常務理事、中國畫研究院副院長。出版有《黃胄作品選集》《豐收圖》《動物寫生》《黃胄速寫集》《群驢圖》《黃胄新作選》《百驢圖》《喀什噶爾速寫》《載歌行》等。一九七九年加入西泠印社。

乾良社兄大鑒：前函奉悉，始知有社方有擬集印社及名錄之彙，今即將其資料寄上。至於印社則已廢，書間諸於書者轉寄奉彼等於此時的當寫工也。南屏郵寄諸多不便，遠先亦多。此有一要事，請惠電之緒發各方便也。專此即頌
吟安

社弟 北岳手
乙卯十月廿二日

王北岳致林乾良書札

乾良社兄大鑒：尊函奉悉，始知社方有搜集印社及名錄之業。今即將弟之資料寄上，至於印社則已囑此間諳於此者轉寄，想彼等於短期內當寄上也。兩岸郵寄諸多不便，遺失亦多，如有要事，請惠電話較爲方便也。專此。即頌

冬安。社弟北岳頓首。己卯十月十三日。

王北岳（一九二六—二〇〇六），名澤恒，字北岳，以字行，號子蒼，所居曰石壐齋、十喜齋、百月堂、天鑿堂、山居廬、小天室、巢雲居等。河北文安人。曾任臺灣師範大學美術系教授等。創辦《印林》雜志，出版有《篆刻述要》《篆刻探微》《印林見聞録》《歷史博物館藏印選輯》《近代印人印舉》《海嶠印人印選》《王北岳印選》《王北岳書法篆刻集》《王北岳書法集》《北岳治印偶得》《篆刻藝術的欣賞》《篆刻藝術》等。一九九四年加入西泠印社，曾任理事。

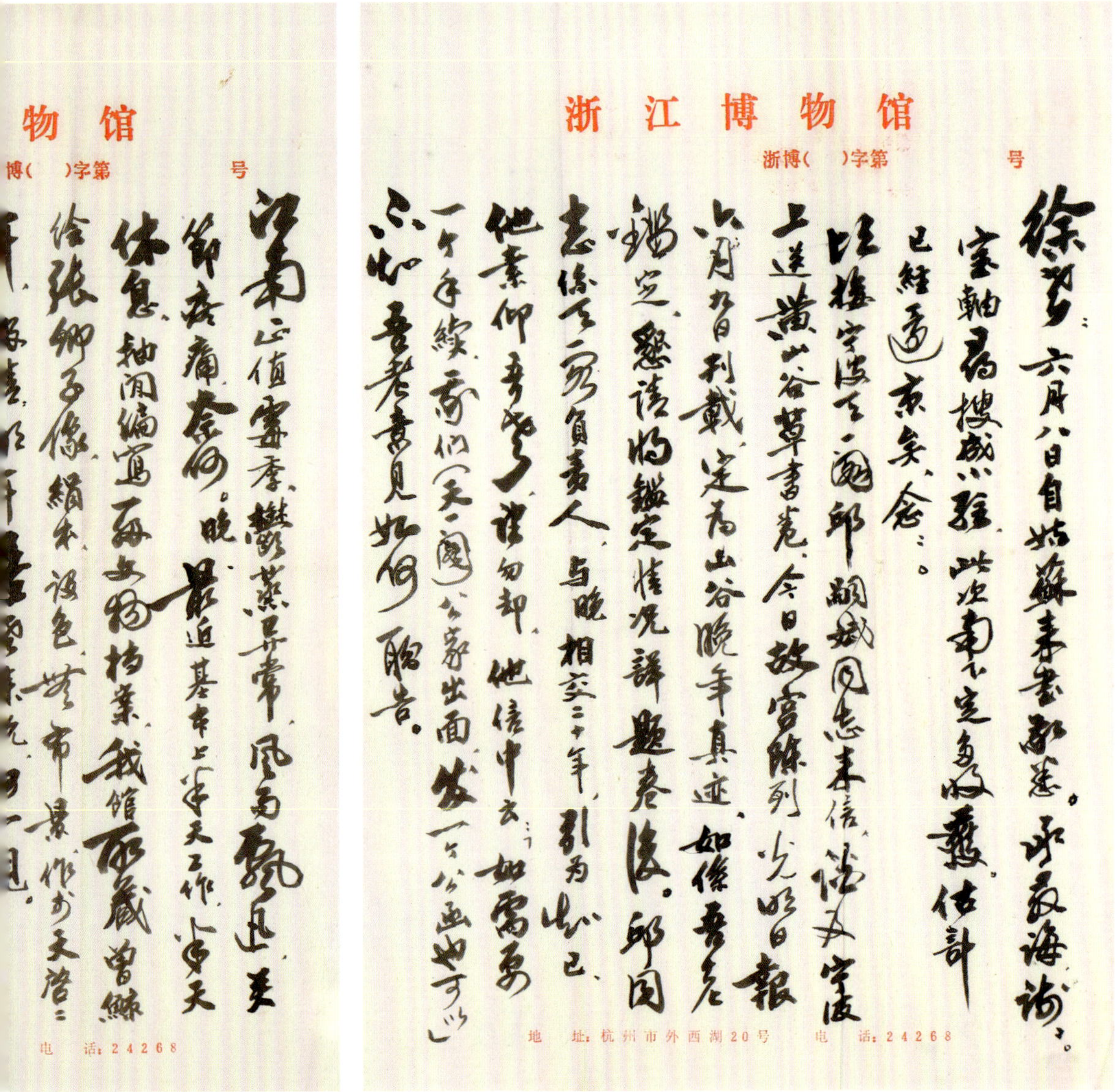

黄涌泉致徐邦達書札

徐老：六月八日自姑蘇來書敬悉。承教誨，謝謝。寶軸尋搜成小駐，此次南下定多收獲，估計已經還京矣，念念。

頃接寧波天一閣邱嗣斌同志來信，談及寧波上送黄山谷草書卷，今日故宫陳列，《光明日報》六月九日刊載，定爲山谷晚年真迹，如係吾老鑑定，懇請將鑑定情况詳題卷後。邱同志係天一閣負責人，與晚相交二十年，引爲知己。他素仰吾老，望勿却。他信中云：『如需要一个手續，我們（天一閣）公家出面，發一个公函也可以。』不知吾老意見如何，盼告。

江南正值霉季，鬱蒸异常，風雨飄迅，關節疼痛，奈何。晚最近基本上半天工作半天休息，抽閒編寫一級文物檔案。我館所藏曾鯨畫張卿子像，絹本設色，甚有景，

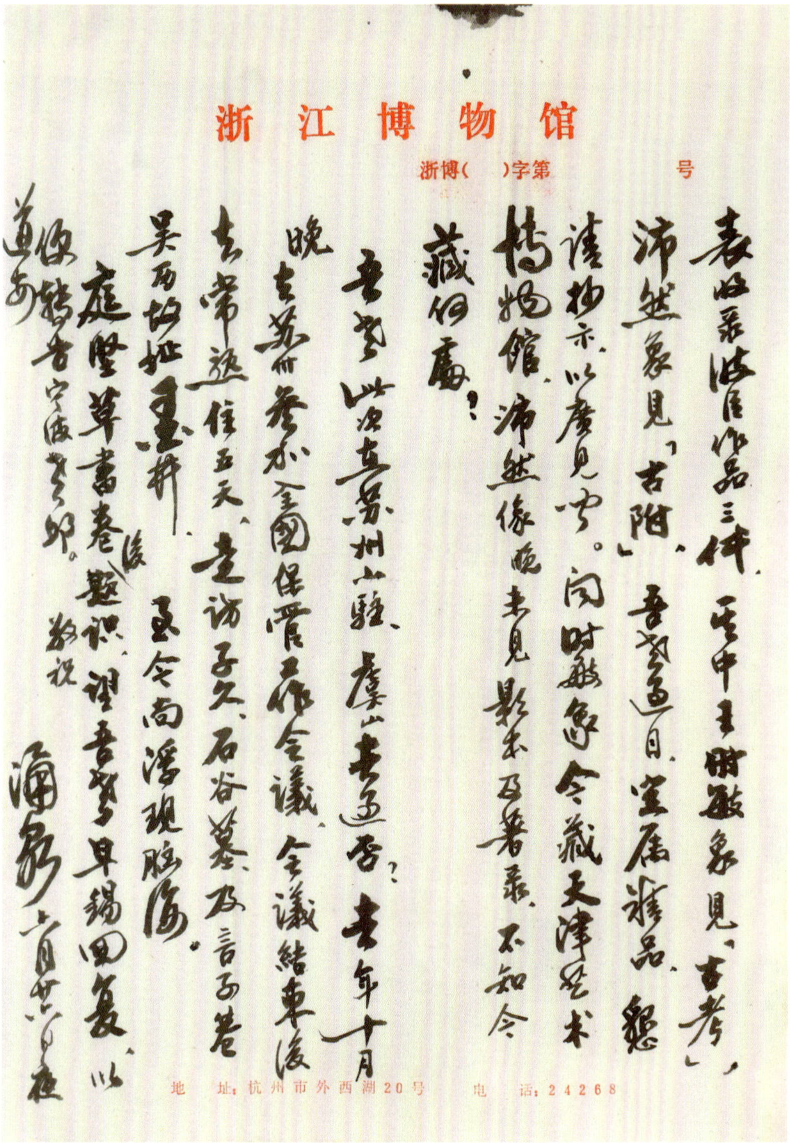

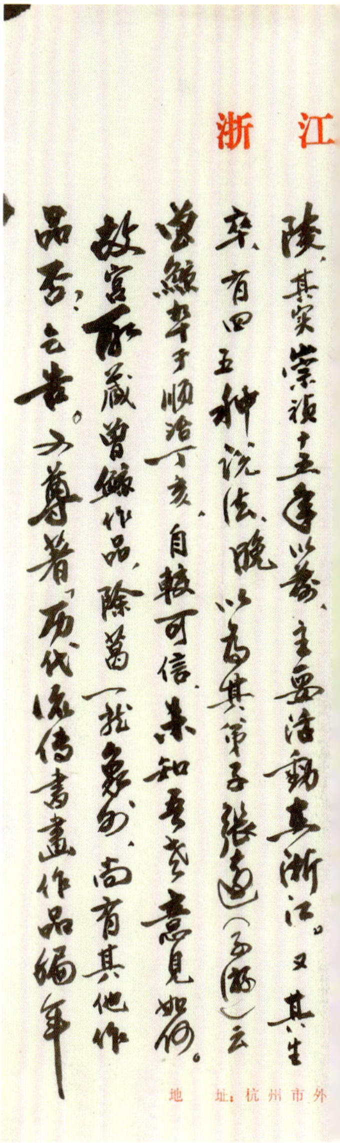

作於天啓二年，極精，明年吾老來杭，可一觀。

曾鯨尚有不少問題有待研究。一般認爲他流寓金陵，其實崇禎十五年以前，主要活動在浙江。又，其生卒有四五種説法，晚以爲其弟子張遠（子游）云曾鯨卒于順治丁亥，自較可信，未知吾老意見如何。故宫所藏曾鯨作品，除葛一龍象外，尚有其他作品否？乞告。又，尊著《歷代流傳書畫作品編年表》收録波臣作品三件，其中王時敏象見《古考》，沛然象見《古附》，吾老過目，定屬精品，懇請抄示，以廣見聞。聞時敏象今藏天津藝術博物館，沛然像晚未見影本及著録，不知今藏何處？

吾老此次在蘇州小駐，虞山去過否？去年十月，晚去蘇州參加全國保管工作會議，會議結束後去常熟住五天，走訪子久、石谷墓，及言子巷吴歷故址墨井，至今尚浮現腦海。

庭堅草書卷後題識，望吾老早錫回復，以便轉告寧波老邱。敬祝

道安。　涌泉。六月廿六日夜。

黄涌泉（一九二七—二〇〇五），字允堯。浙江嘉善人。曾任浙江省博物館研究員、中國文化藝術品鑒定委員會委員、上海教育學院《中國畫學叢書》編委。主編有《浙江近代書畫選集》，編著有《陳老蓮版畫選集》《費丹旭》《杭州元代石窟藝術》《李公麟聖賢圖石刻》《陳洪綬年譜》等。一九七九年加入西泠印社，曾任理事。

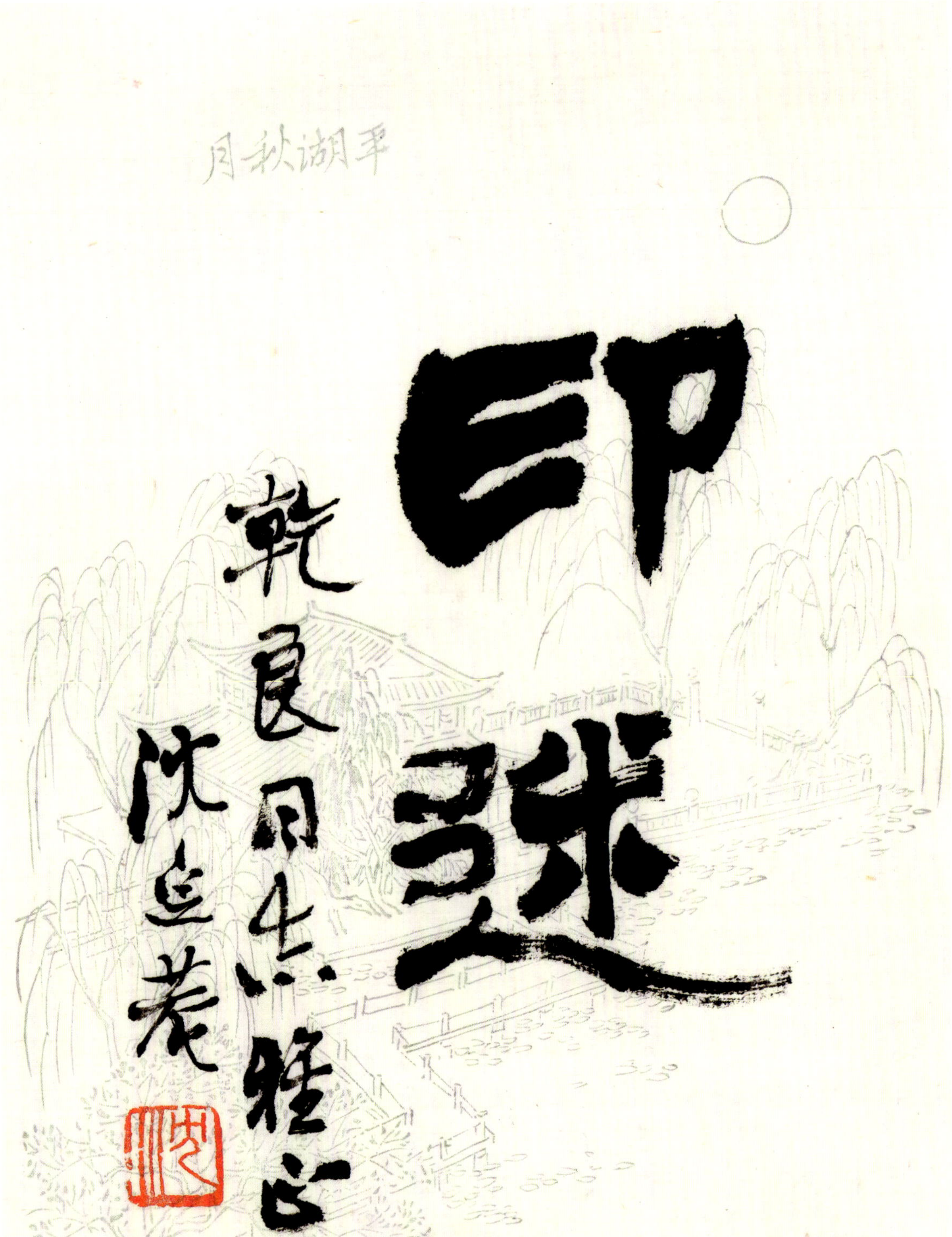
平湖秋月
印跡
乾良同志雅正
沈定庵

沈定庵致林乾良題辭

印迷。

乾良同志雅正，

沈定庵。

鈐印：沈

沈定庵（一九二七—二〇二三），號小山。浙江紹興人。曾任中國書協理事、浙江省書協副主席、蘭亭書會會長、紹興市書協主席、紹興市政協常委等職。著有《論王羲之的書法藝術及其思想》《徐生翁先生及其書法藝術》《近百年紹興書畫家傳》《近百年紹興書畫家傳續集》《沈定庵書法作品選》《沈定庵隸書兩種》《定庵隨筆》等。二〇二一年被中國文聯授予『中國文聯終身成就書法家』榮譽稱號。一九八一年加入西泠印社。

毛主席詞句

魯安

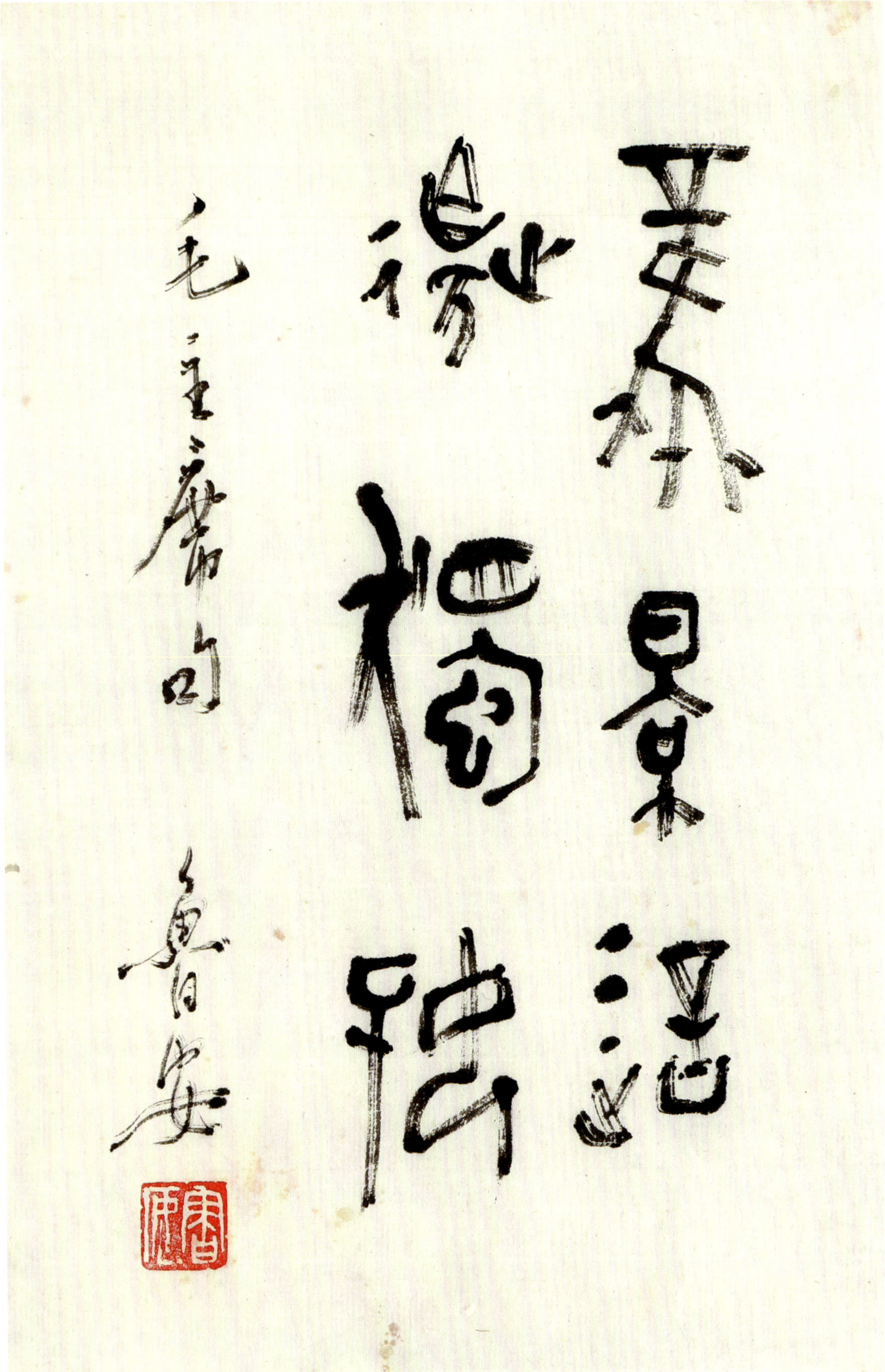

楊魯安小品

風景這邊獨好。
毛主席句。魯安。
鈐印：魯安

楊魯安（一九二八—二〇〇九），原名楊繼曾。河北滄州人，生于天津。曾任中國書協會員、内蒙古書協顧問、内蒙古博物館顧問、内蒙古北疆印社社長、天津印社名譽社長、内蒙古錢幣學會副會長、内蒙古文史研究館館員、中國書畫函授大學教授、呼和浩特書畫院顧問。出版有《甲骨文書體辨識與摹寫》《秦印簡説》《吴昌碩書印之道别探》等。二〇〇〇年，將收藏之萬餘件藏品全部捐給呼和浩特市政府。一九八九年加入西泠印社，曾任理事兼收藏與鑒定研究室主任。

兆育社兄台鑒
今將靈隱歸來語西泠
印拓片寄上年老目力衰
退已刻不好了請為指教
因郵局離家遠又無童
子應門故原石以後再交
茲有機會來杭請到寓舍

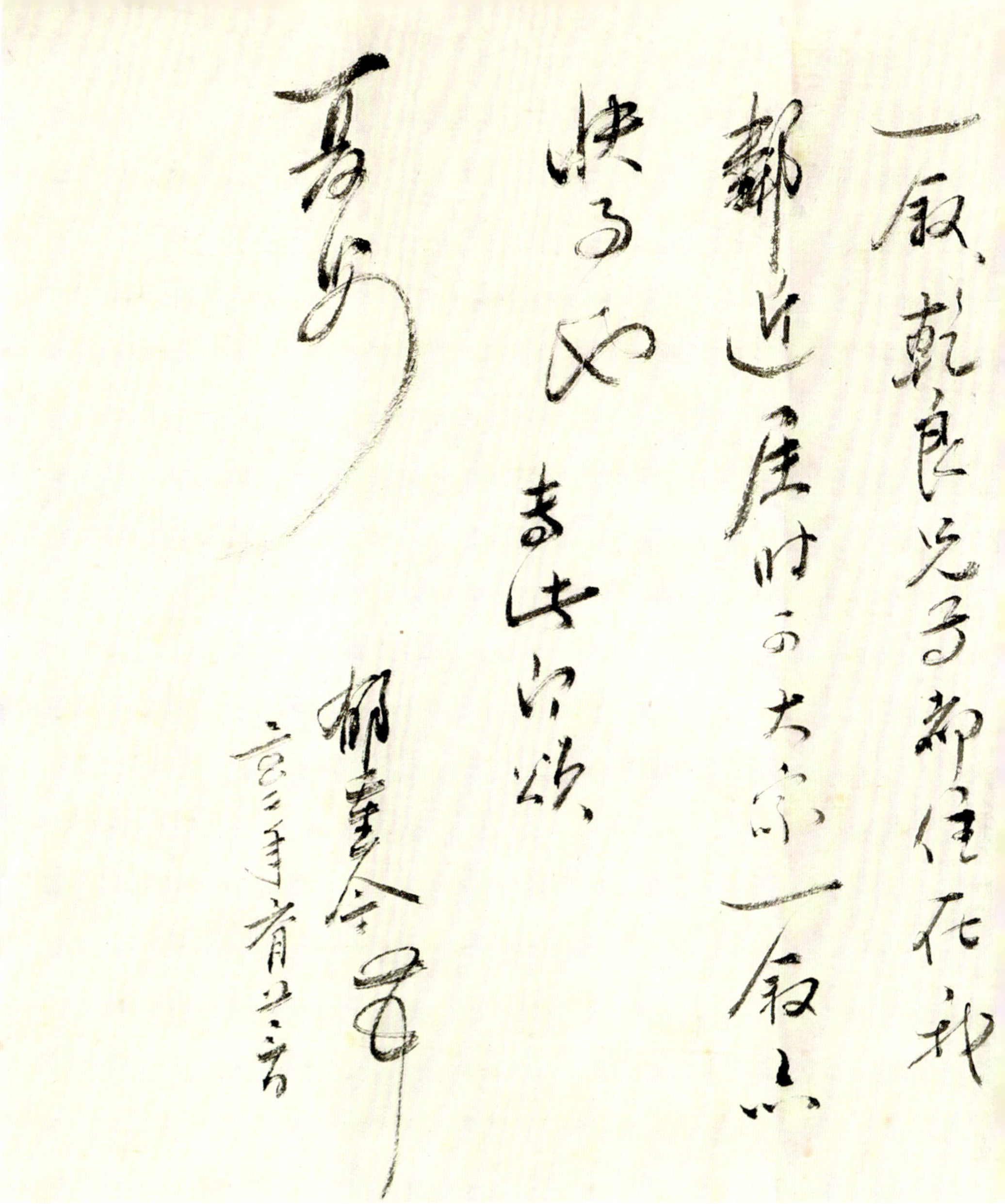

郁重今致陳兆育書札

兆育社兄台鑒：

今將『靈隱歸來話西泠』一印拓片寄上。年老了，目力衰退，已刻不好了，請多多指教。因郵局離家遠，又無童子應門，故原石以後再交。如有機會來杭，請到寒舍一叙。乾良兄等都住在我鄰近，届時可大家一叙，亦快事也。專此。即頌

夏安。郁重今頓首。

二〇〇二年六月廿三日。

郁重今（一九二八—二〇一九），字西林。江蘇海門人。曾任西泠印社編輯部編輯、浙江省篆刻創作委員會顧問、中國書協會員。出版有《魯迅筆名印譜》《革命勝迹印譜》《郁重今印存》等。一九七九年加入西泠印社，爲『西泠五老』之一。

上款人陳兆育（一九四七— ），號碧天、齊揚，別署三安齋主、童樸堂主。福建福州人。現爲西泠印社社員、中國書協會員，供職于福建省農業科學院，任副研究員。出版有《陳兆育印選》。

中國北京飯店
PEKING HOTEL · CHINA

清狂
兄好！！　今已是十三日
來北京飯店作佈
置畫，為北京話
是寫心說一自還治
病一天在作畫

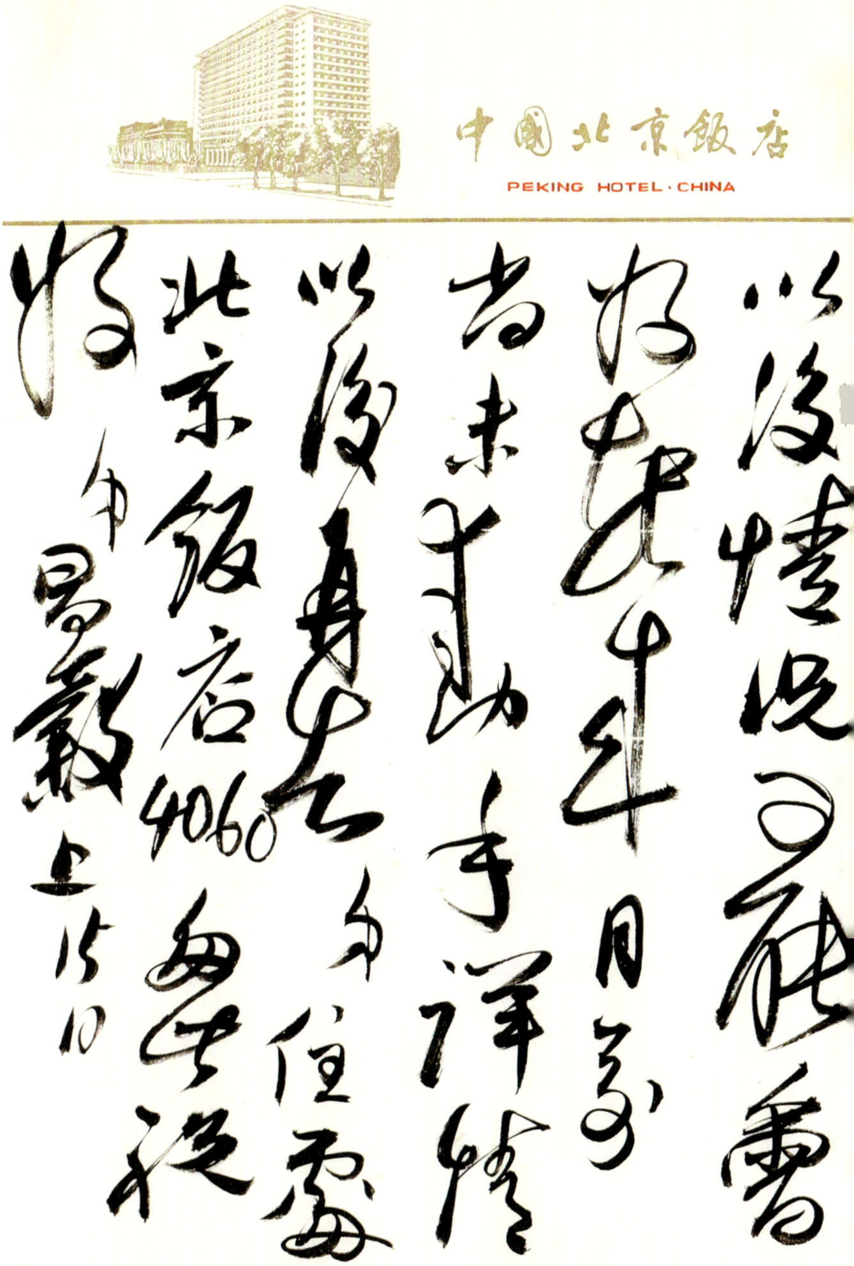

周昌穀致陳清狂書札

清狂兄：

近好！弟已於十三日來北京飯店作布置畫。承北京領導關心，說一邊治病一邊作畫，以後情況可能會好轉起來。目前尚未動手，詳情以後再告。弟住處：北京飯店4060。匆此。祝好！

弟昌穀上。15日。

周昌穀（一九二九—一九八六），號老穀。浙江樂清人。曾任浙江美術學院教授、中國美協理事、浙江省美協副主席等職。著有《意筆人物畫技法探索》《妙語與創造》，出版有《周昌穀畫選》等。一九七九年加入西泠印社。

上款人陳清狂（一九二九—二〇一九），原名湜，號北谷，齋名真如落梅花樓。福建福州人。曾任福州畫院院務委員兼畫師、福州市美術館副館長、福州書畫社總經理、福州市書協主席、福州市美協秘書長、中國書協會員。著有《花間不了情》《此情成追憶》等，出版有《陳清狂書畫作品集》。

夢禪先生尊鑒：久欽修問，伏想
杖履安和，百事順宜，定符臆頌。前月奉到
賜篆石鼓楹帖，高渾沈著，人書俱老，求諸并世，鮮有其匹，敬當謹付裝池，永為家珍，紉感
高誼，無日或忘，為此申謝，即頌
道安

後學 成都徐永年頓首

一九八三年七月十二日

徐無聞致鄒夢禪書札

夢禪老先生尊鑒：久闕修問，伏想
杖履安和，百事順宜，定符臆頌。前月奉到
賜篆《石鼓》楹帖，高渾沈著，人書俱老。求諸并世，鮮有其匹。敬當謹付裝池，
永為家珎。紉感
高誼，無日或忘。耑此申謝。即頌
道安。後學成都徐永年頓首。
一九八三年七月十二日。
鈐印：徐無聞

徐無聞（一九三一—一九九三），字嘉齡，原名永年，三十耳聾後更名無聞，室號守墨居、爥名室、歌商頌室等。四川成都人。曾任中國作家協會會員、中國書協理事、四川省書協副主席等。編著有《秦漢魏晉篆隸字形表》《唐宋文學要籍解題》《無聞詩存》《東坡選集》《甲金篆隸大字典》《殷墟甲骨書法選》，出版有《徐無聞書法集》《徐無聞臨中山王嚳鼎》《徐無聞印存》《二十世紀四川書法名家研究叢書·徐無聞》《蘭亭序集聯》《徐無聞藏金石集拓》《爥明室書課》等。一九八二年加入西泠印社。

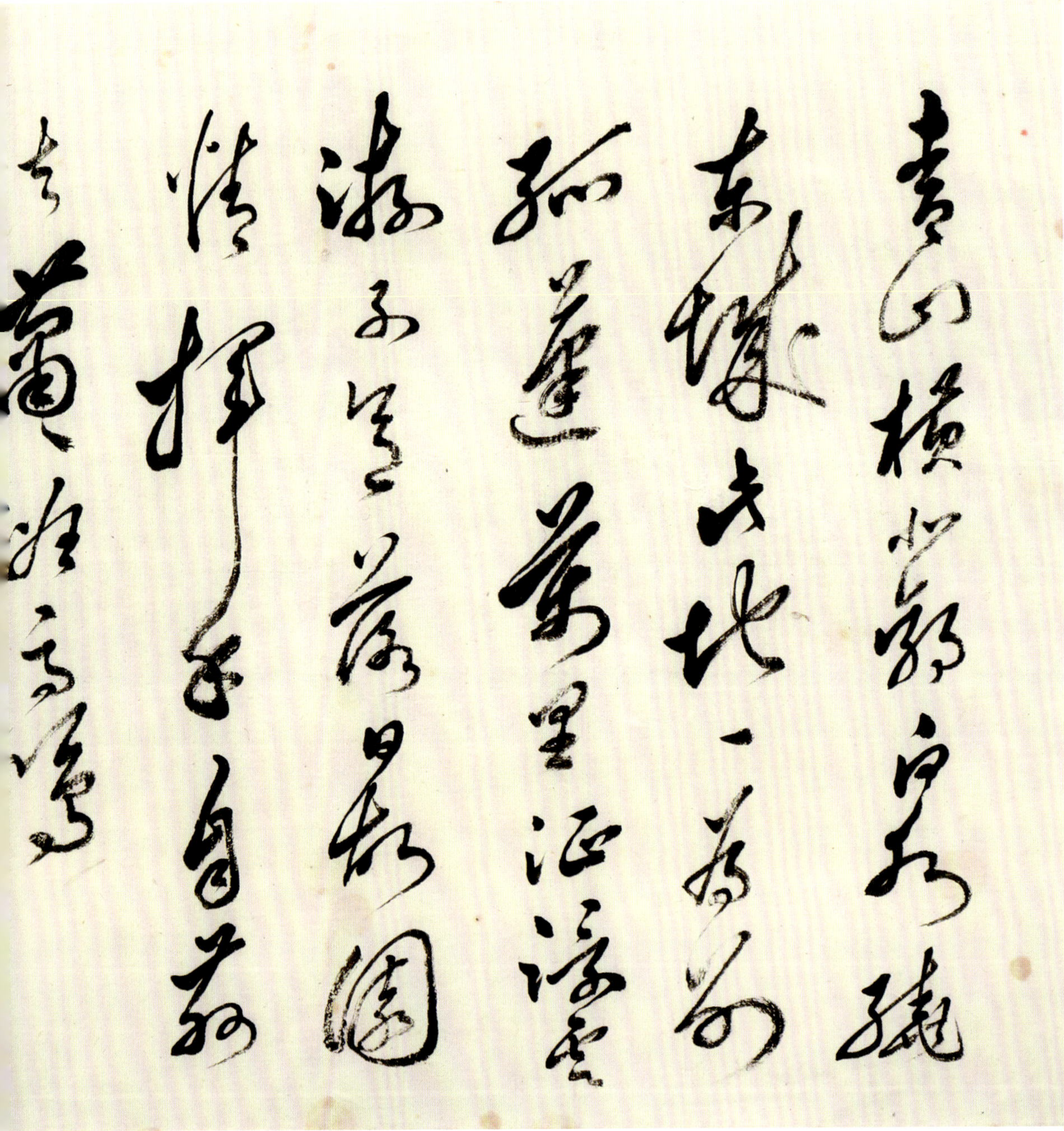
青山横北郭白水繞
東城此地一為別
孤蓬萬里征
浮雲游子意落日故人
情揮手自茲
去蕭蕭班馬鳴

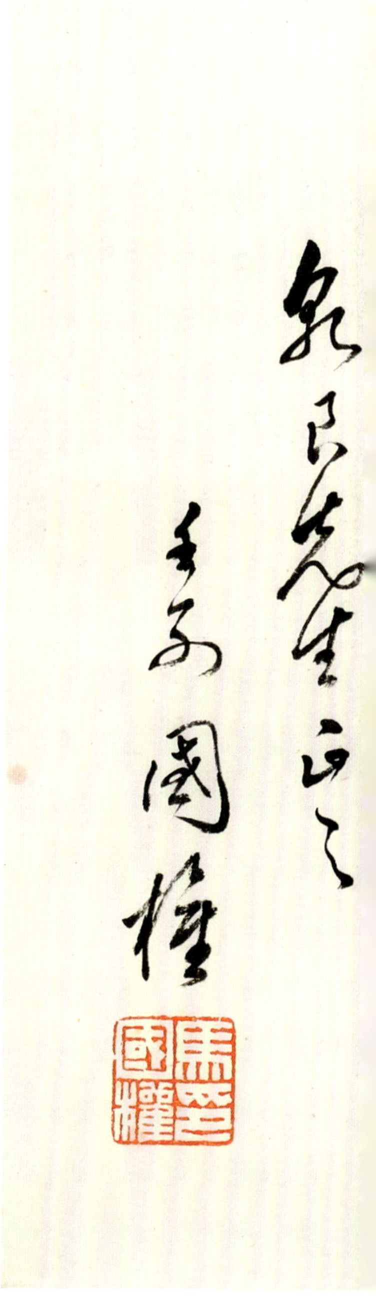

馬國權小品

青山横北郭，白水繞東城。
此地一為別，孤蓬萬里征。
浮雲游子意，落日故園情。
揮手自兹去，蕭蕭班馬鳴。
　　乾良先生正之。
　　　壬子國權。

鈐印：馬國權印

馬國權（一九三一—二〇〇二），字達堂。廣東南海人。曾任香港《大公報》撰述員，兼任香港中文大學考古藝術研究中心研究員、中國古文字研究會理事、中國書協學術委員會委員、暨南大學及廣州美術學院客座教授、加拿大中國書法協會副會長等。著有《廣東印人傳》《書譜譯著》《元刻草訣百韵歌箋注》《增廣漢隸辨异歌》《補訂急就章偏旁歌譯注》《智永草書千字文草法解説》《近代印人傳》《隸書千字文隸法解説》《書法源流絶句》《馬國權篆刻集》。主編有《吴昌碩印集》《中國書法大辭典》《沈尹默論書叢稿》《當代篆刻選第一集》。一九七九年加入西泠印社，曾任理事。

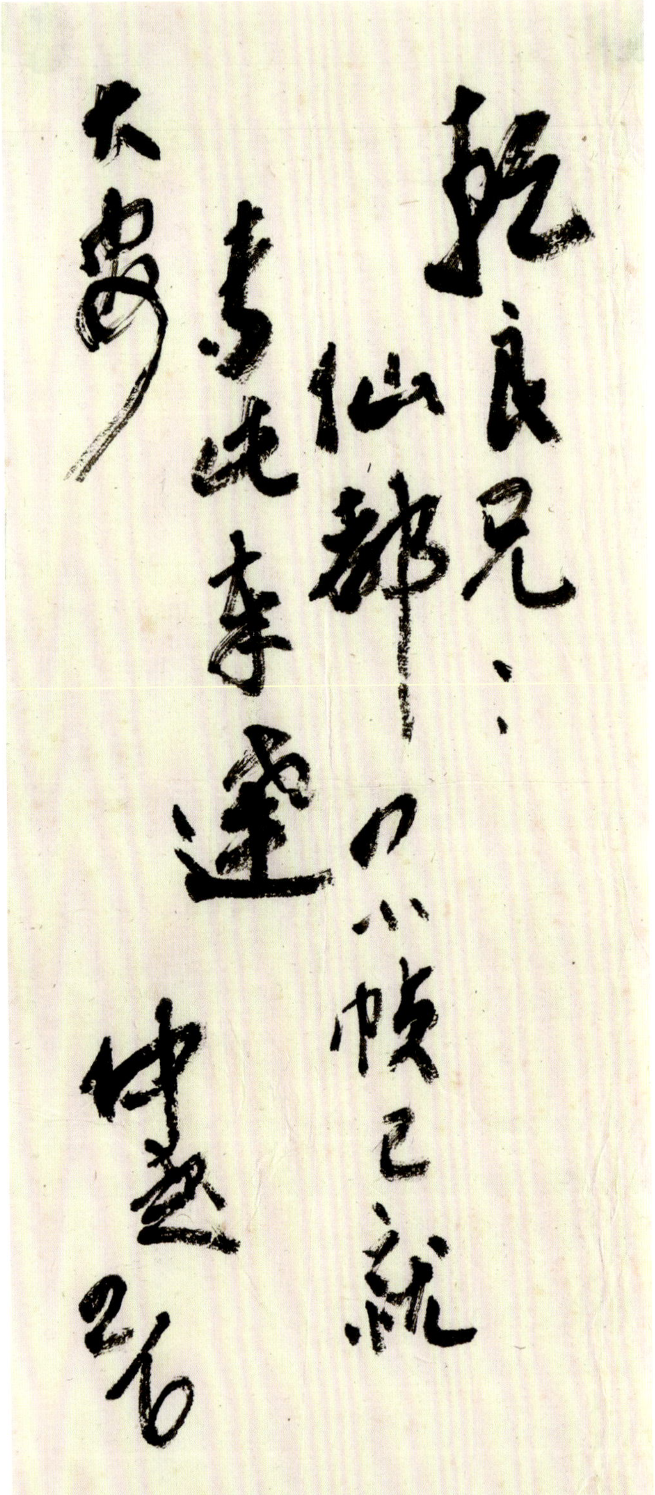

乾良兄：
仙都只幀已就
寄此奉達
大安
仲起
2 6

孔仲起致林乾良書札

乾良兄：

仙都四小幀已就，專此奉達。

大安。　仲起。2/6。

孔仲起（一九三四—二〇一五），名慶福，字仲起。浙江慈溪人，出生于上海。曾任中國美術學院教授、學位委員，中國美協會員，聯合國國際美育學會理事，享受國務院特殊津貼。出版有《孔仲起山水畫集》《孔仲起畫集》《孔仲起畫雲水》《山水畫技法概要》《孔仲起山水寫生法》《尊受居畫談》等。一九九一年加入西泠印社。

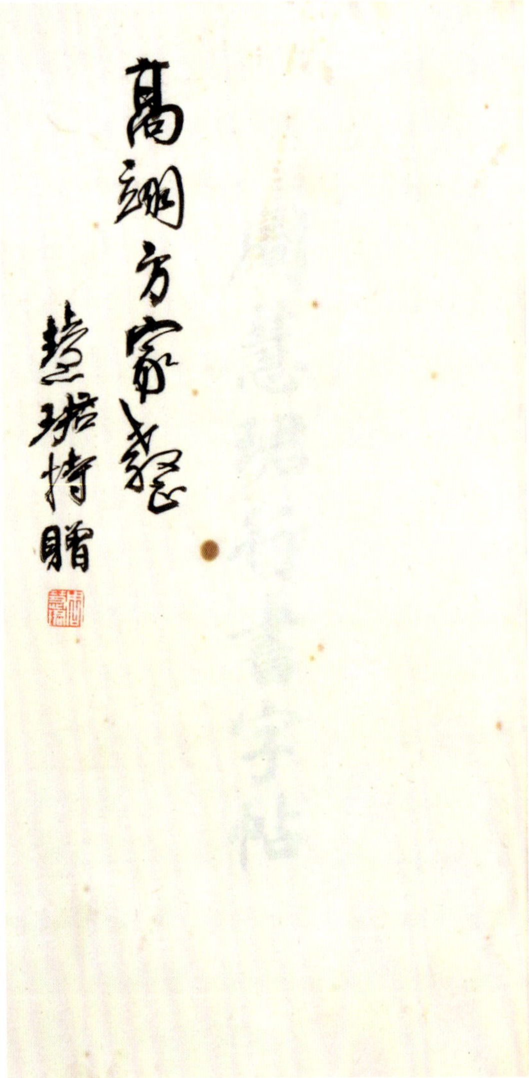
高翊方家鑒
慧珺持贈

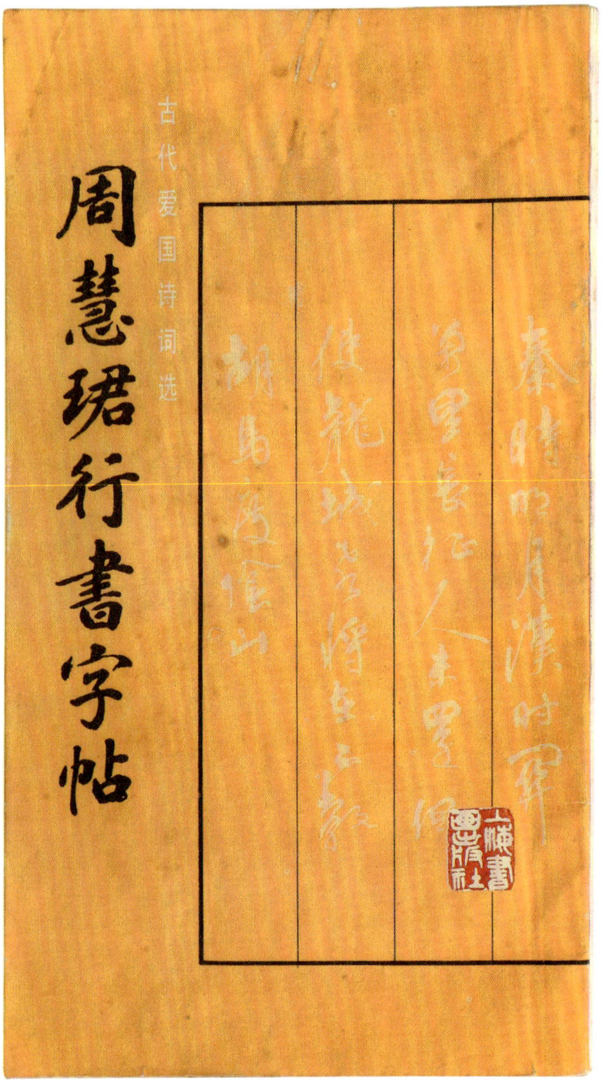
古代爱国诗词选
周慧珺行書字帖
上海書畫出版社

周慧珺致李高翊簽名書

高翊方家教正。
慧珺持贈。
鈐印：周慧珺

周慧珺（一九三九—二〇二一），浙江鎮海人。曾任中國書協副主席、上海市書協主席、上海市文聯副主席、上海市文史研究館館員。出版有《行書字帖·魯迅詩歌選》《周慧珺行書字帖》等。二〇一四年獲第五屆『中國書法蘭亭獎終身成就獎』和上海市第六屆『文學藝術獎杰出貢獻獎』。二〇一九年獲上海市第七屆『文學藝術獎終身成就獎』。一九八二年加入西泠印社。

上款人李高翊（一九三九—二〇一九），號夢白，齋名書劍樓、梅花書屋。浙江鎮海人，生于上海。曾任上海玉藝堂顧問、上海市美協海墨畫社畫師。

林乾良先生：
録石傳印字並皆
甚佳如何
不一
弟北耿叩上
四月廿日

蔣北耿致林乾良書札

林乾良先生：

録《左傳》句寄呈，并皆默然，如何？不一一。

弟北耿叩上。

四月十日。

蔣北耿（一九四三—二〇一九），字睦廬。浙江杭州人。曾任杭州市書協副主席、西泠書畫院特聘書畫師，曾創辦《西泠藝報》并任主編。出版有《蔣北耿書法——岳陽樓記》等。一九八二年加入西泠印社，曾任理事。

全国文博界书法篆刻艺术展办公室
The Office of the Exhibition of Calligraphy and Seal Cutting Art
of National Cultural Relic and Museum Circles

可文道兄之鉴：

信已交刘恭、刘恭说办

接到你一函电话、尝未做了

送北齐碑拓一君片、並说明

你和他很熟。名片寄上一开

直接联系、余即日东返

四、专此並颂时绥

弟嘉仪

地址：中国·西安市南城门楼 710001　　电话：77—1696　77—1711

傅嘉儀致高文書札

高文道兄台鑒：

信已交劉老，劉老説補接到您的電話，答應此事送。讓我轉您一名片，並謂您和他很熟。名片寄上，可直接聯繫。我剛從日本返回。此告，並頌時綏。

弟嘉儀。

傅嘉儀（一九四四—二〇〇一），字謙石，號印道人、大兆居士、終南山人。山東蓬萊人。曾任陝西省政協委員、陝西省文史研究館館員、西北大學兼職教授、陝西省書協副主席、陝西省美協會員、陝西省考古協會會員、終南印社社長、西安書學院副院長、西安中國書法藝術博物館館長等。編著有《金石文字類編》《秦漢瓦當》《篆字印彙》《中國瓦當藝術》《瓦當圖録》《長安勝迹印譜》《篆刻欣賞》《心碑》《印道人訪臺印痕》《落落乾坤大布衣——于右任筆名印譜》《西安中國書法藝術博物館館藏秦封泥》《秦封泥彙考》《秦封泥精選》等。一九八九年加入西泠印社。

上款人高文生平不詳。

跋

今年乃西泠印社建社一百二十年，余以所藏一百二十位已故社員墨迹，輯爲《孤山雪鴻》致賀。觀此一百二十位西泠印社已故社員，余以爲足可當半部二十世紀中國藝術史矣！西泠印社自矜爲『天下第一名社』，固因有此前輩名家社員之故。追昔撫今，頗有感慨，得詩云：『回望西泠百廿秋，詩書畫印競風流。零箋輯罷忽生嘆，此後何人堪與儔？』余輯此書，頗冀時下社員當發『今日我以西泠爲榮，明日西泠以我爲榮』之心，以期薪火相傳，不負前賢也。

此書刊行，首要感謝業師鍾明善先生之教誨，林乾良鄉丈之厚愛。韓天衡先生耑爲題辭，特此敬謝！此書編輯期間，林公武、葛賢鏔、傅永强、梁章凱、盧爲峰、李經國、葉林心、江興祐、林怡、韓斗、郭武、李雪鋒諸師友多有指教，并承責任編輯伍佳女士、張月好先生，圖文設計師蔡秀雲、黃小燕女士幫助，在此謹致謝忱！

今年適值家父崇雄公八秩華誕，謹以此書介壽。

葉懷仁于福州莫墨堂之觀曇軒　癸卯年四月初八日。